天の川と月明かりの五竜岳（撮影：菊池哲男）

# 残《ざん》照《しょう》の頂《いただき》

## 続・山女日記

湊かなえ

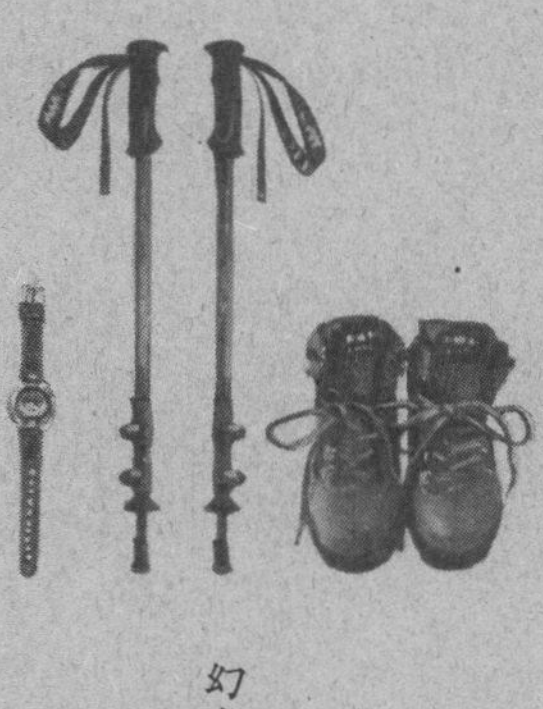

幻冬舎

# 残照の頂

続・山女日記

目次

後立山連峰
五竜岳・鹿島槍ヶ岳（富山県・長野県）
立山・剱岳（富山県）
表銀座縦走路
燕岳・大天井岳・西岳・槍ヶ岳（長野県）
武奈ヶ岳（滋賀県）
安達太良山（福島県）

装丁　芥陽子
装画／挿画　牧野千穂

# 後立山連峰

# 五竜岳

東京駅発の新幹線を降りて、通勤や通学の時間にはやや早い、朝の長野駅の改札を抜け、東口から駅舎を出ました。ひんやりとした風を頰に感じます。七夕を過ぎたばかりとはいえ、東京ではすでに三〇℃を超える日が続いており、同じ日本とは思えません。しかも、それほど遠くない。

冷たいといっても、秋や冬の頰を刺すような風とはまた違い、来客を歓迎しているかのような優しさを帯びています。日本一標高が高い県庁所在地だそうですが、この気温の低さが、標高差から来るものなのか、曇天から来るものなのか、私には判別がつきません。

長野を訪れるのは、人生初なのですから。

「綾子《あやこ》さん、棚にストック忘れてましたよ」

遅れてやってきた麻実子《まみこ》さんが、長細い巾着袋を私に差し出しました。

この度の同行者です。麻実子さんは大学時代、山岳部でした。私は六五歳、麻実子さんは四二歳。親子ほど年の離れた、家族でも親戚でもない、知り合ってまだ二年も経っていない女性が、無謀とも思える私の願いを、後押ししてくれたのです。

――私の知っている山の常識は二〇年前のものなので。

そう話す麻実子さんと一緒に、登山道具専門店にも行きました。ストックやヘッドライト、女性用の登山ウエア。カラフルなものが多く、「おばあさんがこんな色を着てもいいのかしら」と、とまどう私に、「私も驚いています。二人で山ガールにチャレンジしてみましょう」とユーモラスで元気の出る言葉をかけてくれました。

私はオレンジ、麻実子さんは水色のジャケット。会計を別々にする私たちに、親子じゃなかったんですか？　と店員さんが驚いていました。

ストック袋をザックの脇に取りつけ、駅前のロータリーを見回すと、赤いジャケットの男性がこちらに向かっているのが見えました。私たちに気付くと、片手を上げ、笑顔でこちらに駆けて……、五メートルほど手前でスピードを落とし、怪訝な面持ちになったように見えました。しかし、すぐに笑顔に戻り、私たちの前にやってきます。

「おはようございます、ガイドの山根《やまね》岳人《がくと》です」

麻実子さんにガイド登山を提案され、パソコンで申し込みをしたのは私です。ぜひ、お願いしたい方が、この、山根さんだったのです。

「谷崎《たにざき》綾子です。どうぞ、綾子さんと呼んでくださいな。そしてこちらが、間宮《まみや》麻実子さん」

山根さんが困惑気味な表情を浮かべました。しかし、私も麻実子さんに自己紹介された時は同じ顔になっていたはずです。

「間宮です。よろしくお願いします」

麻実子さんは、仕事の時のような口調です。緊張しているのでしょうか。

山根さんも気まずそうに、どうも、と頭を掻いています。

「やだ、なんだか私、ドキドキしてきちゃったわ。山根さんが写真よりも若くてかっこいいものだから」

「おだてられても、背負って登ることはできませんよ」

山根さんが照れ笑いを浮かべました。

「まあ、本心よ。山根岳人さんというのはご本名？」

「そうです。いかにも山岳ガイドって感じの名前ですが、親は僕に公務員になってほしかったみたいです」

「じゃあ、ご自分で選んで天職に就かれたということね。写真を連想できる文字も入っていたら、もっとよかったのに。ねえ、麻実子さん」

「え、ええ……」

なんだかぎこちない笑みです。疲れているのかもしれない。

「麻実子さんも、バリバリとお仕事をされているのよ。憧れのキャリアウーマン。北極乳業にお勤めなの、すごいでしょう？」

麻実子さんは困ったような顔で、小さく微笑《ほほえ》むのみです。

「僕も毎朝、北極牛乳を飲んでいます。あとレーズンバター、最高ですよね。ワインに合う」

「まあ、主人と一緒」

つい、手を打ってしまいました。夫はワインが好きで、新婚時代、好きな銘柄の赤ワインが手に入った際、レーズンバターを買ってきてくれ、と私に頼みました。気を利かせてクラッカーを添えたのに、五ミリほどにスライスしたバターをそのまま口に入れ、ゆっくりとワインをふくみました。

——赤ワインは常温でというのは、気温の高い東京には当てはまらないと言われているが、レーズンバターをアテにするには適していると思うんだ。

そう言って、楊枝に刺したバターを私の口にも入れてくれました。白ワインの方が好きな私も、これには赤が合うなと頷いたのは、もう四〇年以上も昔のことです。

——このセットもメニューに加えたいな。

その言葉を、また夢物語が始まった、と笑えていた頃……。

「気が合いますね。でも、話はおいおい。出発しましょう」

山根さんは私たちを駐車場へと促しました。持ちますよ、と私の背負っていたザックを取って片方の肩にかけ、麻実子さんのザックにも手を伸ばしました。

「私は結構です」

ピシャリと断ったのは、登山者だった麻実子さんのプライドかもしれません。

夫がここにいたら、同様の態度を取ったのではないか。

たとえ何十年ぶりの登山であっても。

「改めまして、本日より二日間、よろしくお願いします。数多《あまた》ある名山の中から、五竜岳《ごりゅうだけ》を選んでいただけたこと、誠に感謝します。なんて、僕の山ってわけじゃないんですけどね。標高二八一四メートル、日本百名山の一座です」

山道仕様の軽自動車の、助手席に私、後部座席に麻実子さんが座りました。

二人並んで、と私も後部座席に乗ろうとしたら、耳が遠いんだから、と麻実子さんに助手席を勧められ、その時ばかりは麻実子さんの茶目っ気のある笑顔を見ることができ、お言葉に甘えることにしました。

「事前に行程表と地図をお送りした通り、今日は、テレキャビンで標高一五三〇メートルのアルプス平まで上がり、リフトに乗って、一六七三メートルの地蔵ノ頭から遠見尾根《とおみおね》を歩いて、二四九〇メートルの五竜山荘を目指します。明日は、小屋から五竜岳の山頂まで往復し、来た道と同じコースを下ります。危険な鎖場やハシゴはなく、比較的安全なコースではありますが、初登山でなぜ、五竜岳を選ばれたんですか？」

「実は私、『ＧＯＲＹＵ』という名前の喫茶店を経営しているの。ね、麻実子さん」

振り返ると、窓の外を眺めていた麻実子さんがこちらを向きました。

「ええ、ローマ字で」

「へえ、五竜岳と何か関係があるんですか？」

「主人の一番好きな山なんです。大学時代に山岳部だったもので」

「なるほど、でも漢字じゃないんですね」

「それじゃあ、なんだか中華料理店みたいだわって、私が反対したの」

「確かに、うまいラーメンがありそうだ」

山根さんは声を上げて笑いました。

「お客も山好きの人たちばかりですか？」

「それが、そうでもなくて」

店のお客様で「ＧＯＲＹＵ」の看板から、五竜岳を連想した人はほとんどいません。たとえ、店に五竜岳の写真を飾ってあっても。

「一流、二流の、五流を連想して店に入ったという方が多いの。三流にもなれない疲れた人間の憩いの場所だ、なんて。でも、そういう人に限って、社会に疎い私でも知っているような一流企業にお勤めしているのよ」

「間宮さん、みたいに？」

「いいえ。麻実子さんはお勤め先は一流企業だけど、唯一、店名の由来を自分から当ててくれた人なの。店に入って、壁の写真を見て、五竜岳の『ＧＯＲＹＵ』だったんですね、って。それで山の話になって、今日に至っているの。ねえ、麻実子さん」

振り返ると、麻実子さんはとまどったように俯《うつむ》きました。

「勘で言ってみたら、たまたま当たっただけです」

それでも、私は驚きました。写真には山の名前の入ったタイトルも撮影者の名前も添えていなかったのだから。

「あの……」

山根さんが口を開きました。

「壁の写真って？」

「もちろん、あなたの撮られたものよ！」

山根岳人さんは、世界的にも有名な山岳写真家でもあるのです。

白馬五竜に到着しました。

息子は一人いるものの、独身貴族とやらで孫がいないため、学校とは縁がないこともあり、世間はまだ夏休みにはほど遠いことを、テレキャビン乗り場に着いてから思い出しました。いかにも観光地といった場所なのに、乗り場に行列ができていません。夏休みなど関係ない、高齢の登山者の姿も見当たりません。

「もしかして、まだ登山シーズンじゃなかったのかしら」

平日とはいえ、少し不安になりました。日にちはこちらから指定したものです。

「そんなことありませんよ。僕は先週、下見で登りましたが、登山道に雪が残っているところもなかったし、この時期の高山植物もかなり花を咲かせていました。天気も、少し雲がかかっているけど、降っても短時間です。近頃は、夏山の気温も上がっているので、むしろベストな状態です。山頂も、今は隠れているけど、徐々に晴れてきて、見えるようになりますよ」

山根さんが自分のザックを整理しながら言いました。

「なら、よかった。麻実子さんにも無理を言って休みを取ってもらったから」

「お気になさらず。二カ月前に日にちを決めていただいたので」

麻実子さんは上着を脱いで、Tシャツ姿になっていました。曇り空とはいえ、昼が近付くにつれ気温が上がるだろうし、歩き出すと体温も上がります。私も上着を脱ぐことにしました。

「おしゃれなシャツですね」

山根さんに言われました。薄紫地にコマクサが描かれたデザインです。

「麻実子さんに見立ててもらったの。小屋の裏にたくさん咲いているんでしょう？　でも、明日着替える用は山小屋で買うつもり。人気のデザインがあるらしいから」

「アレですね。僕も一枚持ってるからペアルックになりますね。ところで、昼食、本当にこちらで用意しなくてよかったですか？　今ならまだ、買いに行けますが」

「いいのよ、ここにしっかり準備してますから」

膨らんだザックをパフパフと叩いてみせました。

「じゃあ、持ちますよ」

「ありがとう。でも、パンだから軽いし、これは自分で持ちたいの。山根さんのもちゃんとありますからね。でも」

ちらりと麻実子さんを見ると、首を小さく振られました。

「お言葉に甘えて、昼飯、楽しみにしておきます」

全員の身支度が整い、テレキャビンに乗りました。

アルプス平に到着すると、さらに涼しくなっただけでなく、空気の透明度が高くなったように感じました。緑がより鮮やかに目に映ります。

ここでしか見られないという青いポピーを見てから、リフト乗り場に向かいました。

「二人乗りなので、僕が前に一人で乗って、すぐ後ろに、綾子さんと間宮さんが並んでください。振り返って高山植物の説明をします」

しかし、断ったのは麻実子さんです。

「大丈夫ですよ。私、花には詳しいので」

胸を張った言い方に、山根さんも笑みを浮かべて同意するように頷きました。

「では、ご一緒に」

山根さんと並んで乗りました。ゴウンと体をシャベルで掬《すく》われるような感覚に懐かしさを覚えました。こちらは、四〇年以上昔のことなのに。

宙に浮いた足元を見ると、高山植物を代表する色、白、黄、紫が目に飛び込んできました。観光客に向けて、花にまつわるクイズを記した看板が立てられています。記憶と答え合わせするように、花を見ては名前を思い浮かべ、答えを口にしていきました。

「すごいじゃないですか。僕が隣に乗る必要はありませんでしたね」

「こういうのに乗る、植物園には行ったことがあるの。随分昔になるけれど」

「ご主人とですか?」

「ええ。主人とはお見合いで。伯父が主人の上司だったの。おまえのような口うるさい生意気な女には、気の大きな男が合うだろう、なんて言われて」

「生意気には思えませんけどね」

「伯父はヘビースモーカーで、私は煙草が嫌いだったから、吸うな吸うな、と。それだけじゃないわ。若い頃は、小さなことが心配だったり、気になったりしていたの」

「僕も煙草は苦手です。それで、ご主人とは?」

「気が大きいというよりは、朴訥《ぼくとつ》なタイプの人。デートをしても、女性を喜ばせるような会話がまったくできないの。仕事も精密機器の研究員だったから、なるほどとは思ったんだけど。彼は……、花屋に売っている花はバラくらいしか知らなかったの。家の近所を二人で散歩していても、山茶花《さざんか》や金木犀《きんもくせい》の名前は全部私が教えてあげたわ。私の家の庭に毎年咲いているダリアを見た時なんて、新種の花ですか? ってマジメな顔して訊《き》くの」

初対面の相手なのに、次から次へと言葉が出てしまうのは、眼下に咲いている花が記憶の蓋を開けてくれたからでしょうか。

「だからね、植物園に誘ったの。ちょうど、ドライブがてら行けるところに、新しい施設ができたから。初めは、私が先生のようだったのに、高山植物を集めたコーナーがあって、こちらはちんぷんかんぷん。なのに、今度は彼が嬉々として花の名前を教えてくれるんだから、驚いたわ。コマクサとか、ミヤマなんとかとか、こちらは初めて聞く名前ばかりで、魔法の呪文でも聞いているようだった」

「すごいなあ、ご主人。僕は山岳部だった学生の頃は花の名前なんてまったく憶《おぼ》えられなくて、ガイドになろうと決めてからがんばったのに」

「あらあら、それは自分が憶えなくても、名前を教えてくれる人が近くにいたからじゃありません？」

「えっ……」

「私は長年、高山植物の名前を憶えていたわけじゃないの。ただ、花を見たら耳元であの日の主人の声が聞こえて、それを口にしているだけ」

「そうなんですね……」

山根さんは眼下に広がる花畑に視線を落としました。

名前を教えてくれるか、と、つぶやいて。

リフトを降りました。ここからついに、歩き出します。

山根さんは徐々に晴れてくると言いましたが、雨こそ降っていないものの、頭上には厚い雲がかかっています。これからあの中に向かうのを、ためらってしまうような。パンなど食べている余裕はないかもしれません。そんなことより……。

「ちゃんと、歩けるかしら」

「厳しいなと思ったら、遠慮なく言ってください。引き返せばいいだけです」

山根さんがストックの長さを調整してくれながら言います。

「大丈夫ですよ。綾子さん、五竜岳に行くと決めてからずっと、自宅の最寄駅から喫茶店まで、一駅分歩いて往復するようになったじゃないですか。申し込んでからは、二駅分」

麻実子さんが自分のストックを調整しながら言いました。

「それはたいしたもんだ。ツアーに申し込まれたのは、ゴールデンウイーク明けだったから、二カ月も二駅分歩かれたってことですよね。しかも、往復で。五月とはいえ、暑かったでしょう。ちょうどその頃、僕も東京にいたもんで」

「知ってるわ。個展でしょう？　あれを見て、決心したんだから。ねえ、麻実子さん」

「綾子さんが誘ってくださって」

「それは、嬉しいな。あっ……」

山根さんは麻実子さんのストックに目を向けました。

「もうちょっと短めの方がいいです。あと、五センチ」

「すみません。初めて使うので」

麻実子さんは気まずそうにストックを調整し直しました。二人で買い物に行った際、必要なものをメモ書きしてきてくれた麻実子さんでしたが、ストックは書かれておらず、最後に店員さんに薦めてもらったものです。

とはいえ、山根さんは持っていません。

「じゃあ、準備運動のストレッチをしましょう」

山根さんが気を取り直すように、明るい声を上げました。

アキレス腱を伸ばしたあとは、両手を伸ばして上体を前に倒して、オールで船を漕ぐようにしながら体を持ち上げ、後ろに反らします。

「登山なのにこれからボートにでも乗るみたい」

「ほとんどのお客様に、そう突っ込まれます」

「登山経験者の方からも?」

「そうですね。僕はこれが当たり前だと思っていましたが、どうやら、うちの大学の山岳部だけだったみたいです」

「ですって、麻実子さん」

「面白いですね」

興味なさそうに言われたので、これ以上は触れないことにしました。

靴ひもをきつく締め直し、ザックを背負いました。山根さんにひもの調整をしてもらうと、一キロ分は軽くなったように感じます。

麻実子さんのザックはそのままでもいいようで、山根さんは自分のザックを背負いました。

ガイドといえば、年季の入ったものを使っていそうなのに、私たちのものと同様、新品に見えます。

「山根さんのザックも今日がデビューなのかしら。素敵な色ね」

鮮やかな赤色です。

「実はこのメーカーのアドバイザーをしていまして。新製品が送られてくるんです」

「まあ、素敵」

「実験台みたいなもんですよ。自分に一番合うものを、ずっと使い続ける方がいい。こいつも背中になじんだ頃には、別の新しいのが届くから、道具以上のものにはなりえないんだろうな」

「あら、そんなことないわ。そのザックが山根さんのお墨付きということになれば、あなた自身はそう思わなくても、道具以上の価値を見出す人はたくさんいるはずよ。私のこれも、いろいろなメーカーのを背負って決めたものだけど、今回無事登れたら、次は山根さんの薦めるザックを買いたいと思うもの」

「その必要はありません。僕は前回まで、綾子さんが背負っているシリーズの男性用を使っていたので。軽いでしょう、それ。手で持った時と背負った時、感じる重さがまるで違う」

「ええ、その通り。最後、二択で迷ったけど、麻実子さんに薦められた方にして、大正解だったわけね」

「私はただ、このメーカーが好きなだけです」

同じ型の色違いを背負っている麻実子さんは、靴ひもを結び直しながら言いました。

「では、出発しましょう」

山根さんは私たちを登山道の方に促しました。

いよいよ開始、と緊張しましたが、まずは一般の観光客でも散策できるような舗装された道が続いています。リフトから見えた花が、道の脇にも咲き乱れ、より間近で眺めることができます。

「雪解けのあとに咲く、登山シーズンオープニングの花たちです」

先頭を歩く山根さんが言いました。二番目を私、後ろが麻実子さんです。

「高度が一気に上がったので、体を順応させるために、ゆっくり進んでいますが、もっと遅くしてほしいとか、遠慮なく言ってください。時間は充分にあるので」

「このペースで大丈夫よ」

空気が薄いとも、息苦しいとも、体が重いとも感じません。順調なすべり出しです。

「ところで」

山根さんが歩きながら振り返りました。道幅に余裕があるので、並ぶような形になります。

「おかしなことを言ったら申し訳ないのですが、綾子さんのご主人は……、あれは七宝焼っていうのかな、緑と白と黄色と紫と青のガラスが花模様みたいになった、縦長の楕円形のループタイを持っていませんか?」

息が止まりそうになりました。

「どうしてそれを? 私がガラス職人の友人に頼んで作ってもらって、プレゼントしたのだけど、派手すぎるからか、着けてもらったのを見たこともないのに」

「やっぱり、そうだったんだ。店の名前と写真のことを聞いた時に、すぐに結びつけられたらよかったんですけど、何せ、一五年も前のことで」

「店の写真？　あれを入手した経緯を、私、知らなくて」

「個展に来てくれたんです。といっても、今開いているようなちゃんとしたものじゃなくて。まだ駆け出しで、カメラじゃ飯を食うどころか、借金がかさむ一方だった頃に、見かねた大学時代の友人が、親戚が持っている長野駅前のテナントビルに空きスペースがあるからって、半月ほど貸してもらえることになって。そこに、ご主人が最終日に来てくださったんです。出張帰りで、指定席を取っている電車の時間までまだ一時間ほどあるからって」

「長野には会社の工場もあったから時々行ってたけど、そんな偶然があるのね」

「他にお客もいなかったからか、一枚ずつ丁寧にじっくりと見てくださって、その中でもずっと足を止めていたのが……」

「月明かりに照らされた五竜岳と天の川の写真ね」

「そうです！　やっぱりあの時の方だったんだ。この写真はいくらですか？　って訊かれて。これを機に、登山関連の雑誌の仕事にでも声をかけてもらえるといいな、くらいにしか思っていなかったので、まさか、写真が売れるとは。バカだから、販売はしていないんです、なんて答えてしまいました」

「まあ、それで？」

「そうしたら、ご主人、そこをぜひ、って頭を下げられて。自分は喫茶店を経営する計画を立てていて、思い描いている店にこの写真がピッタリで、ぜひ飾らせてほしい、と。そう言われたらもう、タダで持って帰ってください、って」

「じゃあ、あんなすごい作品を、主人は無料でいただいたの？」

「まさか。手持ちの万札がこれだけだからって、七万円も出してくれて。額装はしていたけど、大きさもポスターサイズだし。そんなに受け取れないって断ったら、店がオープンしたら招待状を出すから、開店祝いに自慢の作品を持って、ぜひ来てくれって。連絡先を訊かれて、名刺だけは作っていたから、それをお渡ししたんですけど……」

名刺はそのためだったのか。

「そんな約束をしていたなんて、ごめんなさいね」

「いえ、招待状がほしかったとか、そういうことじゃないんで。喫茶店が計画通りにオープンして、そこにあの時の写真を本当に飾ってもらえていたことがわかっただけで、幸せです」

大きなケルンに到着しました。地蔵ノ頭です。雲をかぶった景色でも、三六〇度ぐるりと見渡せば、解放感が得られます。

「ご主人は、店番ですか?」

山根さんの屈託のない笑顔に、どう返していいのか。

「失礼でしょう」

声を上げたのは、麻実子さんです。二メートルほど後ろをついてきていた麻実子さんに、私たちの会話は全部聞こえていたでしょうし、一緒に聞いてもらいたいとも思っていました。だけど、多少の事情を知っているとはいえ、麻実子さんがこんなにきつい口調で怒るなんて。

初対面の相手に?

山根さんが申し訳なさそうにこちらを見ました。

「ありがとう、麻実子さん。でも、最初にきちんと伝えなかった私がいけないの。山根さん、主人は一〇年前、喫茶店がオープンする半年前に死んじゃったのよ」

「それは……。申し訳ありません」

山根さんが深く頭を下げました。

「よしてちょうだい、そんなこと。私はね、山の奇跡に感動しているの。私があの写真を初めて見たのは、主人が亡くなったあとだった。店の開店準備のためにレンタル倉庫を借りていて、そこで。店のことは全部主人が一人で進めていたから、業者の方とどんなやり取りがあったのかも知らないけれど、完成予想図の室内画には壁に絵を飾っているような部分があって。きっと、この写真を飾る予定だったんだろうなって。どうやって手に入れたのかも、撮影者が誰なのかもその時は確認せず、完成した店にただ飾っていただけなのに、謎が解けたんだから。……歩きましょうか」

立ち止まったままでは、目的の場所に到着することはできません。

「いろいろうかがいたいことはありますが、ここからは登り坂の勾配もきつくなっていくので、おしゃべりしながら登ると、体力を消耗してしまいます。まずは、小遠見山《ことおみやま》までしっかり歩きましょう。花の種類も標高が少し上がるだけで変わってきます。植物園では展示が難しい花が多いはずなので、写真を撮りたい場合も遠慮なく」

山根さんの空気を変えるような快活な口調に、気分があがり、私の足に一歩を踏み出す力を与えてくれました。

植物園で夫も同じことを言っていたのを思い出します。

――高山植物といっても、特別展示のコマクサ以外は、比較的、標高の低いところに咲いているものばかりだ。いつか、きみに初夏の五竜岳の花畑を見せてあげたいよ。

そう約束して結婚し、いつか、いつか、いつか……。

新婚旅行だけは、山に行こうと言われても、私はおしゃれなワンピースを着て帽子をかぶり、スーツケースを片手に出かける場所に行きたかった。そうやって訪れた京都、奈良めぐりに後悔はない。

息子が生まれ、成長し、あの人はどんなに残業ばかりの日が続いても、夏休みに親子三人で一泊旅行に出かける日を作ってくれた。海水浴、遊園地、博物館、名物料理を食べ、記念撮影をして、土産を買って帰る。どれも、これも、楽しい思い出ばかり。

見たい映画がある、と私や息子が頼めば、上映期間中の日曜日を必ず一日空けてくれ、帰りはレストランで食事をしながら、感想を語り合った。

中学生になったばかりの息子が、将来は医者になりたいと言い出した時は、こんなに嬉しいことはない、夫婦二人でサポートしよう、と互いに手を取り合った。第一志望校の医学部に合格した記念に、家族全員初めてパスポートを取り、現地二泊の台湾旅行に出かけたことは、一生の思い出だ。

恵まれた人生。だけど、たった一つだけ後悔があります。

——いつか、喫茶店をオープンしたいんだ。山小屋風の内装で、店の名前は「五竜」に決めている。

その夢はずっと先のものだと、私は勝手に決めつけていました。

「小遠見山に着きました」

山根さんに言われて、ザックを下ろしました。

「綾子さん、ものすごくいいペースですよ」

褒められるのはいくつになっても嬉しいものです。水分補給を促され、ペットボトルの水を飲みました。麻実子さんがドライフルーツの入ったジッパー付きポリ袋を取り出しているので、私も同様に用意してきたものを食べることにしました。

「ミックスドライフルーツ、いいですね。ご自分で好きなものをブレンドしてきたんですか？」

「いいえ、最初から交ざっているものを買ったの。レーズンとリンゴとパイナップルとマンゴー、あと、いちじくも入っているのよ」

「僕の好きなものばかりだ。今度、買ってみよう。どこのメーカーのですか？」

移し替えてきたので、銘柄がわかりません。

「麻実子さん、どこのだったかしら」

登山道具店に行ったあと、行動食と呼ばれるおやつもデパートの地下で一緒に見てもらったので、同じものを持ってきています。麻実子さんは遠くを眺めながら、食品メーカーの名前を答えてくれました。

麻実子さんは何を見ているのでしょう。数十メートル先の視界は白い靄《もや》に覆われています。やはり、と込み上げたため息を飲み込みました。実は、来る時の新幹線の中で、麻実子さんにスマホで天気を調べてもらっていたのです。山の天気の専門サイトでした。五竜岳は午前中は曇り、午後はずっと雨マークが付いていたのです。

どんよりとした空を見上げると、頭の中に、ボウルになみなみと注いだカフェオレが思い浮かびました。

定期購読している雑誌「ザ・喫茶店」に、カフェオレボウルが若い女性のあいだで流行っているとあったので、器を仕入れてみたところ、定食のうどん用かと思うような大きなボウルが届きました。ちょうど麻実子さんが来たので、それで出そうとミルクパンいっぱいに作ったら、見た目ほど容量は大きくなかったようで、縁まで入ったカフェオレをこぼしそうになりながら、そろりそろりとへっぴり腰で運んだ、あの時のボウルの表面を思い出します。

トン、と軽く刺激を受けたら、一気に雨が降り出しそうな空。景色が見えないことを残念に思うより、まだ降ってこないことに感謝しなければならないのかもしれない。

山根さんを振り返ると、プラスティックの水筒のようなボトルを口に運んでいました。中身は液体ではありません。

「柿の種とミックスナッツです。こうしておくと、手を汚さずに食べれて便利ですよ」

「見た目もスタイリッシュだわ」

好きなドライフルーツやナッツを詰めた、オリジナルボトルを作ってみたら楽しそうです。夫なら、レーズンと麦チョコを入れたかもしれない。

「さて、行きましょうか」

小休憩は終わりです。ポリ袋をザックに片付けました。山根さんはボトルをザックのウエストベルトにカラビナでかけています。素敵ね、と口にするのは、なんとなく麻実子さんに申し訳ない気がしました。

今こうして、ここに立っているのは、麻実子さんのおかげです。

麻実子さんが「GORYU」に初めて訪れたのは、昨年の四月でした。店で使う乳製品は北極乳業のもので、麻実子さんは新しく営業のエリア担当になった挨拶に来てくれたのです。が、店に一歩入るなり、私ではなく、写真に釘づけになっていました。まるで、吸い込まれるように。とはいえ、おそらく一分にも満たない時間で、すぐにこちらに柔らかな笑顔を向けてくれました。

――五竜岳の「GORYU」だったんですね。

うちの店にはほとんどいない、娘といってもいいくらいの年ごろの女性に、店の名前の由来を当てられたことに、運命のようなものを感じた私は、仕事中の麻実子さんにコーヒーをごちそうすると言って引き留め、五竜岳が好きだった亡き夫の夢を引き継いで、ずっと専業主婦だった私が、決死の覚悟でこの店をオープンしたことを話しました。来年で一〇周年になる、と。以来、麻実子さんは週に一度、仕事帰りに店に寄ってくれるようになりました。

――五竜岳に一緒に行こうと約束していたのに、連れて行ってもらえないまま死んじゃって。せめて私がもう二〇歳若ければ、一人ででも行ったのに。

ある日、そんな愚痴をこぼすと、今からでも大丈夫ですよ、と言ってくれたのです。その場限りのなぐさめではない、力強い口調で。とまどう私に麻実子さんはさらに背を押すように、自分は大学生の時に山岳部だったこと、五竜岳のある後立山《うしろたてやま》連峰は一番好きなコースであることを話してくれました。

私は麻実子さんに訊《たず》ねました。本当は、夫に質問したかったことを。

――どうして五竜岳が好きなの?

夫から五竜岳の名前を聞いた時は、漠然と、登山者に人気のある山なのだろうと思っていました。しかし、店をオープンし、山小屋風の内装を気に入って店に来てくれるようになった大なり小なり登山の経験があるというお客様から、決まって質問されるようになったのです。五竜岳もいい山ではあるけれど、自分は槍ヶ岳《やりがたけ》や穂高《ほたか》の方が好きだ。八ヶ岳《やつがたけ》なんかもいい。そんな中で、なぜ五竜岳なんだい、と。

勝手に推測する人もいました。夫と出会った場所、愛を育むきっかけになった場所、プロポーズをされた場所。私は笑って首を横に振るしかありません。私は五竜岳を登ったどころか、遠目に見たこともないんですよ、と。

それから、登山経験があるという人には、こちらから質問するようになりました。

なぜ、主人は五竜岳が一番好きだったのか、教えてくださいな。

麻実子さんは即答でした。

――五竜岳の上には夜空ではなく、宇宙が広がっているんです。

宇宙。私たちは二人同時に写真に目を遣《や》りました。

――天の川だって、こんなにくっきりと。

一〇年近くその写真を毎日眺めていたというのに、上空にきらめく星々の集まりが天の川だと、その時まで知りませんでした。

――あの、七夕の？

そう訊き返すのが、精一杯。織姫と彦星が年に一度だけこれを渡って会うことができるという天の川。ここでなら、もう一度、夫に会えるのではないか。声を届けられるのではないか。

私にはどうしても謝らなければならないことがあるのです。
大遠見山《おおとおみやま》に着きました。地図を広げてみると、遠見尾根の半分を過ぎた辺りです。まだ半分なのか、という疲労感と、心配していたよりは大丈夫だ、といった余裕じみたものが体内に半々の割合で蓄積しているような心地です。

遠見尾根というくらいだから、晴れていれば眺望は最高だったはずです。山根さんの写真にも、ここからの風景を撮ったものがあったように思います。

夫が登った日は晴れていたのかもしれない。きっと、そうだ。雲一つない快晴の空の下、山頂に向かう道中も気持ちよく、遠くの山々を見渡せたのではないか。

もし、ここに夫が参加していたら、どう感じていただろう。

五竜岳の魅力はこんなものではないのだ、と晴れた日の姿を語るか、曇天もまたよし、それでもこの山が一番好きだと胸を張るか。

「ここで、昼食にしませんか。こちらが準備をしていないので、何とも言えませんが。もし、屋根があるところで落ち着いてということでしたら、ここでは行動食でエネルギー補給して、小屋に着いてから、ゆっくり食べてもいいと思います。シリアルバーなども多めに持ってきているので、遠慮なく言ってください」

山根さんが空を確認してから言いました。私も空を見上げます。

カフェオレがボウルの縁すれすれというよりは、表面張力で浮き上がっているくらいまで、雨が迫っているようなイメージ。

どうしよう、と問いかけるように麻実子さんを見ました。

「ここにしましょう。雨ならまだ大丈夫ですよ。小屋に着いちゃったら、いつものお店でやってるのと変わらないじゃないですか。それに、私はもうお腹ペコペコです」

その笑顔に安堵して、じゃあ、と山根さんに頷きました。少し広くなった場所の斜面側にザックを置き、準備してきたものを取り出します。

ジッパー付きポリ袋に入れたコッペパン、ソーセージ、タッパーをいくつか。

「なんだかすごいことが始まりそうだな。お手伝いすることはありますか？」

「いえいえ、今だけは喫茶『GORYU』のお客だと思って、座っていてください」

「リアル『GORYU』ですね」

ああ、この言葉は夫に聞かせてあげたかった。

麻実子さんが私の隣に座り、ザックから道具を出しています。

まずは、ガスバーナーと油受けのついた焼き網。私の手の届くちょうどいいところに置いて、火を点けてくれました。

「こんなものを入れていたのなら、預けてくれればよかったのに」

山根さんが麻実子さんに言いましたが、麻実子さんは目も合わせないまま、大丈夫です、と答えただけです。

「火加減、これでいいですか？」

私には、目を見て優しい口調で話してくれるのに。火の具合はバッチリ。まずは、網にあらかじめ背中に切れ目を入れておいたパンを三つ並べてのせ、軽くあぶります。

「私ね、調理師学校を出ているの。料理人になるためじゃなく、花嫁修業のために、親にここなら進学させてやると言われて。でも、卒業後はそこそこ大きな料亭で働いていたのよ」

へえ、と麻実子さんが驚いた顔になりました。彼女には喫茶店を開いてからの苦労話はたくさん聞いてもらったけれど、それ以前、特に独身時代のことはほとんど話していません。

「すごいじゃないですか」

山根さんが軽快な合いの手を入れてくれます。麻実子さんが出しておいてくれた紙皿にパンを置くと、次はソーセージを焼き始めます。そのあいだに、小さなタッパーに入れてきた辛子バターをパンに塗ります。

「でも、結婚が決まったと同時に辞めちゃった。男尊女卑がひどくてね。食材をさわらせてもらえないの。お給仕と皿洗いばかり」

「じゃあ、培った腕はご主人がひとりじめすることになったんですね」

フフッ、と自然と笑みがこぼれました。あの人はそんなふうに受け取ってくれていただろうか。ソーセージを割り箸でひっくり返して、今度は大きなタッパーを開けます。

「それは？」

「ザワークラウトよ」

パンに挟み、その上に熱々のソーセージをのせて、完成です。ケチャップとマスタードは個包装のものをお皿に添えます。そうしているうちに、麻実子さんがバーナーから網を下ろして、お湯を沸かしてくれていました。深めのコッヘルにペーパー式ドリッパーも設置済みです。そこに、今朝挽《ひ》いた「ＧＯＲＹＵブレンド」を入れて、お湯を注ぎます。

「麻実子さんって、本当に気が利くの。息子のお嫁さんになって一緒にお店をやってもらいたいけど、立派な会社にお勤めしてるんじゃ申し訳なくて」

「えっ、どういう……」

「綾子さん、またその話。医者だし、ハンサムだし、おしゃれで、雑学も豊富で、お店で会った時には愉快な話もしてくれるけど、私の会社がどうというよりは……」

「不倫じゃあね」

この話題はいつもこれで終わりますが、麻実子さんが息子の印象をこんなにはっきり話すのは初めてです。いい香りが漂ってきました。

「山根さん、カップはお持ち？」

「ああ、はい。出しますね」

山根さんが用意をしているあいだに、麻実子さんも私と二人でおそろいで買ったアルミカップを出してくれました。その横に置かれたのは、きれいに洗ってはありますが、取っ手の黒いプラスティック部分にいくつか傷のついた、年季の入っていそうなものです。

「カップの新製品はもらえないんですよ」

山根さんが苦笑まじりに言いました。仏壇にもこれと同じようなカップを置いていることは、口にしないでおこう。

コーヒーを注ぎ、ランチセットの完成です。

「どうぞ、召し上がれ。うちの看板メニューよ」

夫や息子に作り続けた、我が家の夜食セットでもあります。

「うまい！　このキャベツ、ソーセージとめちゃくちゃ合いますね。こんなホットドッグ初めてだ」

特注の大きめのパンを使っているのに、山根さんの手にあるホットドッグはすでに半分になっています。

「新婚の頃、料理自慢をしたくて、何でも好きなものを作ってあげるわ、って言ったの。そうしたら、ホットドッグが食べたいって。もっと手の込んだものをリクエストしてほしかったのに。おまけに私、ホットドッグを食べたことなかったの。作り方も知らないし、調理師学校時代の教科書にも載ってない。今みたいにインターネットもない時代でしょう？　図書館に行って、いろんな料理の本を見ても、載ってない。探して、探して、やっとドイツ料理の本で見つけたのよ」

「本場の味じゃないですか」

「主人にもそう言われたわ」

――これを山で食べたいなあ。

ひと口かじり、自分で食べるのは何年ぶりだろうと振り返り、こんなにおいしかったのかと自画自賛。ではなく、きっと、山のおかげ。

山根さんに負けない速さで食べ終えた麻実子さんが、もう道具も片付けてくれています。その開いたままのザックから雨具を取り出していました。

「綾子さんも、上着だけでもいいので、合羽《かっぱ》を着ておいてください」

スマホの画面に指を滑らせながら遠くの空を見上げ、山根さんが言いました。

次は同じ尾根沿いにある西遠見山《にしとおみやま》を目指します。

「少し、ペースダウンしましょうか」

山根さんが言いました。標準コースタイムでも小屋までまだ二時間。腕時計を確認すると、ちょうど一時半です。特に、疲れてはいません。

「綾子さんはちゃんと歩けていますよ」

麻実子さんが言ってくれました。

「うーん、でも傾斜もきつくなっていくので、四時半に小屋着のペースで行きましょう」

ゆっくりに越したことはないけれど。

歩き出して一〇分も経たないうちに、おでこに雨粒を感じました。ついに、こぼれてしまった。きらきら星のようなレモンイエローの上着に一滴、黒いパンツに一滴。今日が七夕なら、織姫と彦星の再会は叶いそうにありません。

頭の中に山根さんの写真が浮かんできました。

五竜岳の上には宇宙が広がっている。麻実子さんの言葉をかみしめながら写真を見ると、写真の外側、他の装飾品はいっさいない店の壁いっぱいに天の川が延び、輝く宇宙が広がっているような感覚になりました。

あの人も同じような光景を見たことがあるのだろうか。

こぼれ落ちた雨粒は、あっという間に、ボウルをひっくり返したかのようなどしゃ降りになりました。そういえば、あの時も……。ちらりと振り返って麻実子さんを見ると、息が乱れる様子もなく、しっかりとした足取りで歩いています。私が心配することではない。

顔に打ち付ける雨に抗《あらが》うように視線を前に戻し、足元に集中すると、思考は内へ内へとこもっていきます。

——撮影者はどなたですか？

麻実子さんに訊かれて、はた、と考え込みました。

写真に撮影者がいるのは当然のことなのに、そこを深く考えたことがなかったのです。なんとなく、夫の登山仲間からのプレゼントで、登山を趣味とする人は写真を撮るのも上手で、プロになった方がいるのだろう、と勝手なイメージを持っていました。夫も仕事柄、カメラには詳しく、家族旅行や行事の写真など積極的に撮ってくれていました。

——この写真が入っていた箱には他に何もなかったのよね。

——額は綾子さんが？

——ううん、額装されていたわ。

言いながら、ようやく裏面を開けてみようと思ったのです。そこには、写真の他に紙が二枚挟まれていました。一枚は、おそらく展示用だと思われる写真のタイトルが印刷されたもの。「天の川と月明かりの五竜岳」とありました。もう一枚は名刺です。「山岳写真家・山根岳人」とあり、連絡先も表記されていました。

私はカメラマンの名前は芸能人の写真を撮る著名な方くらいしか知りませんでした。

——ご存知？

麻実子さんはしばらく間を置いてから、知りません、と首を横に振りました。

その後、インターネットで山根さんのホームページを見つけ、山岳ガイドもされていることを知りました。

そして、三カ月前、個展が東京で開催されるという案内を目にしたのです。

ひっくり返ったカフェオレボウルが一瞬でカラになってしまうように、雨もまた、立ち上る霧と判別がつかないほど静かなものになりました。足元に向けた視線の先には、白い花が見えます。黄色い花も。

私はその名を知らないけれど、雨の中、足を止めてほしいとは言い出せませんでした。

上空からの雨をまったく感じず、逆に、もわりとした湿気が足元から立ち上っているように思え、顔を上げました。こんなに明るくなっていたのか。しかし、晴れたわけではありません。上空は曇り空、視界はやや開けたものの、数十メートル先は白い霧に覆われています。

それでも、進行方向左側、やや下りの斜面になったところには、花が咲き乱れているのが見えます。雨の中、山根さんも麻実子さんも足を止めなかったのは、その先に同じ花がもっとたくさん咲いていることを知っていたからなのか。

「いい感じに晴れてきましたね」

山根さんが振り返って言いました。

「花がきれいだわ」

「本当に。下見に来た時よりも、もっときれいに咲いてます。疲れていませんか?」

「ええ、大丈夫よ」

「でしたら、西遠見山まで進みましょう。あと、一〇分もかからないはずです」

開けてきた進行方向に目を遣りました。先にある花畑はもっと広く、もっとたくさんの花が咲いているように見えます。そこに向かうのだと意識すると、背筋が伸び、歩幅も広がり、ずんずんと進めているような気がします。

必ず一〇分以内に着いてやるぞ。

「なんだ、五分で着きましたね」

山根さんがそう言って足を止めました。きっと、初めからそれくらいの距離だったことはわかっていたはずです。それでも、顔がほころんでしまいます。心の中で、もう一人の自分がヤッターと飛び跳ねているような。

「綾子さん、こっちを向いてください」

山根さんが進行方向左側、やや前方に体を向けました。私もそれに倣います。立ち止まると、風が吹き上げてくるのを強く感じます。しかし、それは前方の霧をも巻き上げています。

白い靄が徐々に薄くなっていき、花畑の向こうに、茶色い岩肌が現れました。

ゴツゴツとした細長い岩肌が絡み合いながら一つになり、天に伸びている。

その頂まで、くっきりと姿を現したのです。私の視界を覆うくらい、間近に。

「五竜岳ですよ。実は、見えるかどうか自信がなかったんです。だけど、ものすごいタイミングでした。まるで、幕が上がったかのように」

山根さんに相槌《あいづち》を打つどころか、まばたきもできません。

「山はその時ごとに、ショーを見せてくれるんです。山から登山者へのご褒美だと思っています。よくここまで登ってきた、というよりは、日々お疲れ様、という。一つの山を拠点に活動していると、よく、飽きないかと訊かれることがあるんですが、二〇年登ってもまったくそんな思いにはなりません。毎回、違うショーが見られるんだから。その中でも、このショーはすばらしかった。きっと、山は僕にじゃなく、綾子さんにご褒美をくれたんだと思います。最高のお裾分けをありがとうございました」

目の前の景色はショーという言葉に反応するかのように、再び、白い幕で山を覆い、その姿を隠してしまいました。

そこで初めて、私は自分が涙を流していたことに気付きました。止めなければと思うのに、次から次へと溢れてきます。山根さんも麻実子さんも私が感動して泣いていると思ってくれたらいい。

でも、私には涙が発している声が聞こえる。

ごめんなさい、ごめんなさい、ごめんなさい。

涙どころか嗚咽《おえつ》まで漏らしてしまった私を、二人はただ黙って横に立ち、待ってくれています。

そこに、二人の登山者がやってきました。仲のよい孫と祖父のような組み合わせ。若い方が山根さんに挨拶するのを聞き、この方たちもガイド登山だとわかりました。私の様子を気遣ってか、二人とも、また後ほど、と優しく声をかけてくれ、先へ進んでいきました。

冷えたビールが待ってますよ、と少し先からガイドの方の元気な声が聞こえてきました。おそらく、私より一〇歳は上だと思《おぼ》しきあの男性は、笑顔で前向きな言葉を返したに違いない。

生きていれば……。生きているうちに……。

ようやく歩き出してからも、口を閉じたままの私に合わせるように、二人は静かにゆっくり進んでくれました。鳥の鳴き声が聞こえるくらいに。雲の流れる音が聞こえるくらいに。

五竜山荘までの道のりは、ゆるやかな花畑の散歩道だったのに、花のことには触れないまま、小屋に到着しました。そして、二人は小屋前で静かに、お疲れ様でした、と言ってくれたのです。

「今日の宿泊は先ほどの方と私たちだけで、綾子さんと私で一部屋使えるそうなので、先に一人で休まれますか?」

入り口の土間でストックを片付けていた私に、麻実子さんが労《いた》わるように言ってくれました。

「麻実子さんは?」

「私は食堂でお茶でも飲みながら、本を読もうと思います。食事の準備の時間までは自由に出入りしていいそうなので」

気を遣わせているのが申し訳ない。涙の理由を話しておいた方がよいのではないか。いえ、聞いてもらいたいのです、きっと。

「じゃあ、私も温かいものを飲んでから休もうかしら。本物の山小屋でコーヒーを飲んでみないとね。山根さんもいかがです?」

受付で小屋の方と話していた山根さんにも声をかけました。

「喜んで。今度は僕にごちそうさせてください。プロにはかないませんが、シロウトとしては自信があるので」

山根さんのザックの中にも、コーヒーを淹《い》れる道具が一式入っていたようです。かえって手間をかけてしまうことになったけど、お言葉に甘えることにしました。

炊事場で淹れてもらったコーヒーのカップを片手に食堂に入ると、壁には山根さんが撮影した写真がいくつか飾られていました。私を五竜岳に呼んでくれた写真たち……。個展での感動を思い出しました。ここで、打ち明けることにしてよかったかもしれない。

手近な席につき、まずはコーヒーをひと口いただきました。

「おいしいわ」

山根さんがニッと笑います。それに微笑み返し、山根さんの後ろに見える写真に目を遣り、口を開きました。

「私は自分に都合のいい身の上話しかしていないの。だから、夢を叶える目前で死んでしまった主人の遺志を引き継いで、五五歳という年齢から、女手一つで喫茶店を開業し、一〇年間守り続けている。そんな健気な人間だと、周囲の皆さんに思ってもらえているの。主人は結婚直後から、喫茶店を開きたいという夢を語ってくれた。私は定年退職後のことだと思い込んでいたけど、そうじゃなかったの。私と彼は五つ違い。山根さんから絵を買ったのは一五年前。その前か後かはわからない。ううん、山根さんに招待状を送るなんて言ったのなら、買ったあとね。主人は五五歳で会社を早期退職したいって私に打ち明けたの」

二人は黙って聞いてくれています。写真から視線を外し、コーヒーを飲んでから、正方形のテーブルの一辺ずつについている二人を交互に見ました。

「当時五〇歳の私は猛反対。息子はまだ大学生だったから、授業料のことも心配だったし、それ以上に、早期退職ということに納得ができなかった。世間の人はちゃんと六〇歳まで仕事をするのに。恥ずかしい、みっともない、と思ったの。いったい誰に対してでしょうね。おまけに自分は専業主婦だというのに。だからこそ、主婦友だちの目が気になったのかもしれない。

それを非難したり、バカにする人なんて、友だちでも何でもないのに。とにかく私は、六〇歳までは仕事を続けてほしいってお願いしたの。そのうえ、主人の上司だった私の伯父に裏で告げ口するようなマネまでして、引き留めてもらった。六〇歳から二人でがんばりましょうよ、と泣きながら、空元気を振りまきながら、いろいろな言い方で説得を繰り返して、彼は納得してくれたの。最後は笑って、まあとたったの五年だしな、って。そして、六〇歳と半年で死んでしまった。心筋梗塞で、ある日いきなり」

涙は出尽くしてしまったのか、思いのほか、冷静に話すことができます。

「いつか、五竜岳に一緒に行こう。定年退職したら喫茶店を開こう。先延ばしにしてしまったせいで、主人はそのどちらも叶えることができなかった。何を根拠に、私は先があると思っていたんだろう。彼の話を聞こうともしないで、勝手なことをしようとしていると決め付けて、ダメだダメだとわめく前に、一度でもいいから、実現することを前提に考えてみればよかった。息子の学費のことくらい、ちゃんと考えていたはずなんだから、どうするの、と冷静に訊けばよかったのよ。もしかすると、体調面に不安を感じることがあったのかもしれない。早期退職していれば、死なずに済んだかもしれない。喫茶店でお客さんと山の話をしながら、せっせと山根さんの写真を集めていたかもしれない。もしかすると、まだ無名な頃の山根さんの個展をうちの店で開いて、一生懸命応援していたかもしれない。今日も一緒に山に登って、あの霧の晴れる光景を見られたかもしれない。いつか、と言ってるうちは、いつかなんて永遠に来ない。今、気付いても、もう手遅れ。そんな後悔ばかりが込み上げて……、一度でいいから会いたい。そうしたら、謝れるのに、と思ってしまったの」

カップに残っていたコーヒーを飲みほしました。冷めてもおいしい。

「ごめんなさいね。これでおしまい。全部吐き出したから、満足したわ。思いはすべて五竜岳に受け止めてもらった。笑顔でまた喫茶『GORYU』の生活に戻ろう。そう考えられるように、明日、あともうひとがんばりするから、どうぞよろしくお願いします」

立ちあがって、一礼しました。

「ひと休み、してくるわね」

あわてて腰を浮かしかけた二人を両手で一人ずつ制して、食堂を出ました。そうして気付きます。思いを受け止めてくれたのは、山ではなくあの二人だ、と。

あの二人。ガイドの山根さんと私の友人の麻実子さん、ではなく、まるで、旅先で知り合った夫婦に親切にしてもらった、そんな気分。

ひと寝入りすると、すでに窓の外は暗くなっていました。

夕食を終え、食器を片付けて部屋に戻ろうとすると、山根さんに呼び止められました。

「せっかくなので、ワインを飲みませんか」

「綾子さんはお疲れでしょう」

麻実子さんが咎《とが》めました。が、何やら考えているようです。

「いえ、やっぱり飲みましょう、綾子さん。受付に、ご当地ワインが売っていたので、私、買ってきます」

「おいおい、それは俺が」

揉め出しそうな二人のあいだに立ちました。

「ワインは私がごちそうします。それで、年寄りの愚痴を忘れてくださいな」

そうして食堂でまた、三人でテーブルを囲みました。山根さんから海外の山での撮影話を聞いているうちに、あっという間に一本カラになりました。

「酔い覚ましに、ちょっと、外に出てみませんか」

山根さんが立ちあがりました。まったく酔っているようには見えないのに。麻実子さんも、多分、私も。それでも、心は軽く、夜風に当たりたい気持ちではあります。

麻実子さんと一緒に、部屋にヘッドライトを取りに戻り、小屋のサンダルを借りて、外に出ました。山根さんについて行きます。

しばらく歩くと、山根さんが足を止め、ヘッドライトを切りました。麻実子さんが、私たちも、と自分のを切ったあと、頭にはめたままの私のライトのスイッチも切ってくれました。

「綾子さん、振り向いてください」

わけがわからないまま、おぼつかない足取りで半回転しました。

そこに見えたのは、星……。

「もしかして」

「天の川ですよ」

背後から山根さんが言いました。麻実子さんも私の後ろにまわり、腕に手を添えてくれています。

まさか、天の川が。お日様を一日中見ることができなかった日の夜だというのに。

「一〇分だけ、一人にさせてもらえないかしら」

空を見上げたまま、二人に背を向けて言いました。

「どうぞ」

山根さんの声が聞こえ、麻実子さんの手が離れました。二人の足音がゆっくりと遠ざかっていきます。

姿は見えないけれど、天に向かって話しかければ、彼に届くのではないか。

ごめんなさい、と謝りたい。そう強く思っていたはずなのに……。

天に広がる宇宙を眺めていると、喫茶「ＧＯＲＹＵ」での一〇年間の奮闘を伝え、よくがんばった、と優しい風にのせて頭をなでてもらいたいという願いの方が、溢れかえってやみません。

## 鹿島槍ヶ岳

朝焼けに輝く五竜岳の頂上で、登頂証明写真として店に飾るという綾子さんの撮影を見届けた。小屋で買った「山が好き　酒が好き」とプリントしてあるＴシャツを着ている。店のユニフォームにするのだと、色違いで三枚、それにプラスして、ワンサイズ大きなものを一枚、購入していた。今着ている黄色は、そのペアルックの片割れだ。

綾子さんは両手を伸ばして私の手を取ると、ギュッと握りしめた。

「麻実子さん、ありがとう」

綾子さんはこんな穏やかな微笑み方をする人だっただろうか。明るく、元気だけど、いつもその背に何か重いものを負っているように見えていたのに。そして、年齢を重ねるとはそういうものだと感じていたのに。決して、綾子さんが荷物なしで、私がザックを背負っているという状況から来ているのではない。

昇華させることができたのだ。天の川をたどり、広大な宇宙に向かって。

少し下って、分岐路に出た。

「気をつけてね」

「綾子さんも。帰ったら、お店に行きます」

「ええ、待ってるわ」

ガイドの山根さんをちらりと見る。綾子さんをよろしくお願いします、と、ここで言う必要はない。

綾子さんに向き直る。じゃあ、と互いに片手を上げて、別々の道に分かれた。綾子さんは五竜山荘に下る方へ。私は鹿島槍ヶ岳《かしまやりがたけ》に続く道の方へ。

最初からこの計画だったのではない。綾子さんと来た道、遠見尾根から下山して、テレキャビンに再び乗り、車で白馬駅まで送ってもらい、そのまま東京へ戻る予定だった。

考えが変わったのは、夕方、綾子さんを部屋で休ませるために、食堂で一人、持参していた文庫本を開いていた時だ。いや、その前から、明日、このまま下山していいのだろうかという思いは生じていた……。

——いつか、と言ってるうちは、いつかなんて永遠に来ない。

道幅が狭くなり、ガレ場が続く。この先、G4、G5、と急な斜面を下っていく。さっそく岩場の下りが現れた。ストックをまとめて片手に持ち、もう片方の手を岩にかけて、くの字にへこんだ岩面に背を沿わせるようにしながら足を下ろす。と、ストックの先が岩に引っかかり、バランスが崩れ、舌打ちが出る。その場はストックを持ったまま下り、道が平らになったところで畳んだ。ザックの脇に固定し、先へ進む。

また垂直の下りだ。ほら、進みやすい。ザックの脇に余計なものがなければ、もっと気にかけずに済むのに。

こんなもの、買わなけりゃよかった。

登山用具店で必需品のように薦められ、綾子さんにだけかと思えば、年齢に関係なく、ほとんどの方が利用している、と言われた。いったい、いつからそうなっていたのだろう。ゴアテックスの雨具が自慢できる高級品だったことは、過去の話として認識できる。女性用のカラフルな登山ウエアが出ていることも、知っている。でも、ヘッドライトが単3電池一つ分のコンパクトサイズになっていることなど、想像したこともなかった。

確かに、昨日の登りでは、ストックを使う分、足だけでなく腕の力で前に進むことができるので、脚力の補助となり、便利だと感じた。だけど、なかったら困るというものではない。実際、ガイドの山根さんは使っていなかった。

山根、さん？　さん、って何？　とはいえ、二〇年ぶりに再会する同級生に当時と同じ呼び名を使っていいのだろうか。四〇代のおとな、しかも異性に対して、学生の頃の呼び方で。いいのだろう。今ここで、横山くんにばったり遭遇したら、「よこやん」と当たり前のように声をかけるはずだ。「山、続けてたんだ」とも笑って言える。「かっちん」も、「ノムさん」も。山岳部の同級生、山の仲間でしかなかったのだから。

例外は、山根岳人だけ。

今頃、綾子さんに、昨日は素通りしてしまった花畑の脇に立ち止まり、名前を教えてあげているだろうか。できるのか？　彼に。いくつもの峰を歩き、いくつもの頂を踏んでも、下山後の彼の頭の中に、花の名前が残っていることはなかった。

白いの、黄色いの、紫の……。童謡「チューリップ」の歌詞レベルだ。なのに、カメラが好きで、どこの山の花も、瞳に映った以上の姿を焼き付け、持ち帰る。

――シナノキンバイとハクサンシャクナゲとウサギギクの写真、焼き増ししてよ。

そう言うと、知らない国の単語を聞いたかのように首を捻るので、アルバムをつき出して、これとこれとこれ、と指さすと、黄色と白と黄色ね、と呑気《のんき》な声で返す始末だ。

なのに、ポストカードサイズに拡大して、一枚ずつ、縁の色が合った木製フレームに入れ、きっとこの花も知らないだろうガーベラ模様の包装紙で包み、赤いリボンをかけてプレゼントしてくれた。こちらが頼んでいない、お気に入りだという、A４サイズに引きのばした星空の写真も添えて。

――なんで、頼んでいない写真が一番大きいの。

その写真に感動したことを悟られないように、あきれた口調で言ったのに、真剣な表情で返された。

——現時点での最高傑作だと思うものを、川ちゃんに持っててほしいから。

最高傑作は山に行くたびに更新され、流し台込みで六畳の古いアパートの一室は、四面とも壁いっぱいに、岳人の撮った写真で埋め尽くされていった。

そうだ、初めは皆と同じく「山ちゃん」と呼んでいたのに、壁が一面埋まった辺りから、私だけが「岳人」と呼び捨てするようになっていた。

同じ頃に私も、「川ちゃん」から「麻実子」と呼ばれるようになった。

下るにつれて、昨日の雨が流れ出しているのか、濡れている岩場が増えてきた。昔話を掘り起こしている場合ではない。

人は変わる。プロの山岳ガイドなら、花の名前もしっかり憶えているはずだ。登山靴だって軽い。合羽も蒸れない。ザックも体の一部のようにフィットしている。カップの取っ手はカラビナだ。道具だって進化する。

変わらないのは、山だけだ。

待てよ、このルートはこんなに息が上がるほどの急坂が連なっていただろうか。

前回と……、逆だからか？

後立山連峰を縦走したのは、大学の山岳部時代、一度きりだ。学生時代限定で登山をしていた人なら、珍しくないパターンだろう。四年間に登山ができる回数など限られている。ならば、一つ頂を踏めば、次は新しい頂を目指したいはずだ。

むしろ、一度でも訪れることができればいい。

行ってみたいと地図を眺めた山々は、実際に訪れた数の数倍に上る。

だから、夏場の一週間の合宿以外の行先は、皆が自分の意思に従った。仲がいいからとか、狙っている相手がいるから（これはあったかもしれない）という目的は二の次だ。目指す場所が同じで、日程が合えば、単独行にこだわらない限り、一緒にパーティーを組んだ。

北穂高岳《きたほたかだけ》と南岳《みなみだけ》を結ぶ「大キレット」、五竜岳と鹿島槍ヶ岳を結ぶ「八峰《はちみね》キレット」、白馬岳《しろうまだけ》と唐松岳《からまつだけ》を結ぶ「不帰《かえらず》キレット」。この、日本三大キレットを踏破したい。

八割くらいの部員はそれを望んでいるのではないかと信じて、最初は「八峰キレット」がよいのではと、二年生の夏、仲間を募ったのに、手を挙げてくれたのは、山ちゃんだけだった。

一年生の夏の終わりに、初めて写真をもらい、以降、山に行くたびに写真をくれる、山ちゃん。長野県出身で、高校時代も山岳部だったという山ちゃんは、月に一度は長野に帰って登山をし、冬山にも登る。

なんで毎月、わざわざ帰るのかと同級生の誰かが訊ねると、白馬に住む山岳ガイドをしている「師匠」から指導を受けるためだと言っていた。

なら、どうしてわざわざ東京の大学に進学したのかと訊ねると、写真の勉強をしたいからだと言っていた。それなら専門学校の方がよかったんじゃないか、と突っ込まれると、両親ともに公務員の一人息子は、夢があっても一筋縄ではいかないのだ、と呑気な顔で笑っていた。

冷静に考えれば、同級生がしり込みしてもおかしくない。一年で体力や技術力が向上したからといって、過信して挑んでいい場所ではない。たとえ、槍ヶ岳や奥穂高岳《おくほたかだけ》に登った経験があるとしてもだ。手を挙げたのが山ちゃんじゃなければ、まだやめておけと、皆から引き留められていたはずだ。

だからといって、山ちゃんにロープに繋いで確保してもらいながら歩きたくはなかった。誰かに助けてもらいながら……、他人に依存してまで登りたい山などない。ましてや、男の力を借りなければできないことなんて。この世にそんなことは一つもないのだと、自分に言い聞かせて生きてきた。

私がそんな主張をしなくても、山ちゃんは登山計画書は私にまかせると言ってくれた。地図を購入し、コースを確認しながら、最初にして最大の選択にぶちあたる。

五竜岳、鹿島槍ヶ岳、どちらから入るか。

そんな、大袈裟なものでもなかったか。ただ、地図を見て、ガイドブックを読む限り、どちらからでも難度は変わらないように思えた。登山口へのアクセスも、バスの最終時刻が早いため何時までに下山しなければならない、といったことは、両側ともない。どちらのコースが一般的、といった記述も見当たらない。

鹿島槍ヶ岳側から、五竜岳側から、どちらの手記も読むことができ、充実度にも差がなさそうだった。

こういう選択が一番苦手だ。ラーメンとカレー、どちらも好きだけど、大好物というわけではない。だから、どちらでもいい。それで、決められない。そこで、絶対にカレーを頼む山ちゃんに相談した。こういうのは、敗北感を抱くものではない。

——好みの問題だな。あとは、五竜側のテレキャビンを登りに使うか、下りに使うか。

そんなの、登りでらくをする方がいいに決まってる。しかし……。

——俺は、五竜岳を目指すコースの方が好きだけど。

——なんで？

——両方歩いてみて、なんとなくそう思ったから。

——両方、って。山ちゃん、八峰キレット何回行ってるの？

——縦走は両側一回ずつだけど、五竜岳、鹿島槍ヶ岳、それぞれの往復なら、合わせて一〇回は超えてるかな。

——なのに、次もまた八峰キレットでいいの？　さすがに山ちゃんだって、まだ登ったことない山、あるでしょう？

——うん。日本百名山だけでも、まだ二〇いってないかも。

——じゃあ、なんで。

——好きだから。

ドキリとした。好きの対象が私でもないのに。うらやましくもあった。好きと胸を張って言えるものがあることが。そう思っていることに、気付かれたくなかった。

——そりゃあ、山ちゃんは毎回カレーだわ。しかも、カツカレーかエビフライカレーのどっちか。カツが五竜で、エビフライが鹿島槍。そんな感じじゃない？

——いいかも、そのたとえ。

G5の鎖のあるやせ尾根を無事通過した。一息つくように振り返ると、五竜岳がまだ見えた。やっぱり、カツっぽい。改めてそう口にしたのは、どの辺りでだっただろう。何もかもを明確に憶えているわけではない。花の名前だって、きっといくつか思い出せないものがあるはずだ。

ここからは比較的、歩きやすい道になる。

ストックを出そうかと一瞬考え、やめておく。曖昧な記憶の中においても、キレット小屋から五竜山荘までのあいだに、大変だったという思いはない。

G5、G4、を登ったというのに？

下りながら、登ることを想像してぞっとしたあそこを、私はかつて登っていたのだ。辛かったけど、それを憶えていないだけ、喉元過ぎればなんとやら、でもなかったはずだ。なんでこっち向きのコースを薦めたのよ、と山ちゃんに抗議していれば、それはさすがに忘れていないはずだから。

それに、そんな記憶が頭の奥の方で眠るように残っていたとしたら、たとえ、逆向きだとしても、昨日、「行ける」と思った時に、あわてて目覚めてブレーキをかけたはずだ。

だとしたら、山の形が変わったのか。そんなことはない。風雪で多少なりとも変化があったとしても、G4、G5、の道のりは、急斜面の岩峰だった。やはり、変わったのは私で、想像以上に衰えてしまっていたのだ。

でも、弱音を吐いている場合じゃない。「行ける」と言い切ったのだから。

ひまつぶしに食堂で、持参していた昔好きだったミステリ作家の文庫本を開いたら、すでに読んだことがある本だと一〇ページ目で気が付いた。カバーイラストは変わっていても、タイトルとあらすじを確認すればわかることなのに。

どうしたものかとぼんやりしていると、食堂の壁の写真に目が留まった。「アズマシャクナゲの群落と鹿島槍ヶ岳」と書いてある。この花を私は見ただろうか。その場に山根さんがいなかったこともあり、吸い寄せられるように、その写真の前に足を運んでしまった。

まるで、初めて喫茶店「GORYU」を訪れた時のように。

天の川の写真を、岳人が撮ったようだと感じたものの、別人の作品だと思った。

彼が撮りたかったのは、こういう写真だったのではないか。

山に行くたびに最高傑作が更新されても、岳人は五〇パーセントも満足できていないと弱音を吐く時があった。

――結局、星空なんだ。

私は壁中の写真をぐるりと見回し、どれもこれもすごくて写真集にしてもいいくらいだよ、と言うと、いくらで買う？　と訊かれた。

五万円でも一〇万円でも、景気のいい数字を答えておけばいいものを、私にはそういうことができない。必死で考える。まず、特に好きな芸能人もいないので、写真集を購入したことがなく、相場がわからない。

部屋中の写真を一冊にまとめて、三〇〇〇円くらいだろうか。それは安すぎる？　じゃあ、私以外の人がこの写真にお金を出すだろうか。私が岳人の写真を何時間でも眺めていられるのは、その一枚に至るまでの物語を、岳人から聞いたり、自分も一緒に歩いたりして、知っているからじゃないだろうか。

その沈黙は岳人にとっては否定と同じだ。

――やっぱ、これで飯食っていくのは無理かな。親の希望通り、公務員をやりながら、休日登山で写真を撮って、家族旅行の写真と並べて飾るっていう人生の方が、真っ当で案外幸せなような気もしてきたな。

彼を岳人と呼ぶようになって一年以上経っていた私は、そっちの方がいいよ、と口にしないまでも、その家族写真に自分の姿を入れて、まんざらでもない気分になっていた。

彼は背中を押してほしかったはずなのに。

北尾根ノ頭《きたおねのかしら》に着いた。ザックを降ろして、手近な石に腰を下ろす。水を飲んで、ドライフルーツを食べた。あんなプラスティックの水筒に入れたら、かさばるだけじゃないか。洗うのも一苦労だし……。昭和を懐かしむじいさんか。

上空は雲が少し多いものの青空が広がっている。天気予報は一五時までは晴れ時々曇りで、それ以降は曇りマークが続いているけれど、降水確率は一〇パーセントと低い。昨日がこの天気だとよかったのに、とは思わない。

遠見尾根もよく見える。綾子さんはどの辺りまで下っただろう。

そうだ、店の写真を思い出していたのに、そこからゆらゆらゆらゆら思考が彷徨《さまよ》い、かなり昔に流されていた。ぼんやりしている場合ではない。

立ちあがって、ザックを背負った。

口の沢のコルまでは、ゆるい下り道だ。

喫茶店「ＧＯＲＹＵ」に飾ってある写真には、宇宙が見えた。

五竜岳に行きたい。

それまでずっと、山と私のあいだには、渡るのが困難な川が流れているように感じていた。

初めは細い水流だったものが、徐々に幅を広げていくように。離れれば離れるほど、向こう岸までの距離が伸びていき、しまいには見えなくなるほどに。

そこに、あの写真がすっと一筋、光の橋を渡してくれたような気がしたのだ。

撮影者の名前がないので、綾子さんのご主人が撮影したのかと最初は思った。だけど、綾子さんと親しくなるうちに、そうでないことがわかった。綾子さんもまた、渡れない川のこちら側にいる人だった。自分では踏み出せなかった一歩を、綾子さんを連れて行ってあげたいという目的とともに、前に出せるような気がした。

そんな勇気を与えてくれた写真の撮影者は誰なのか。額の裏から出てきた名刺を見て、驚く気持ちが九九パーセント、やはりと頷く思いが一パーセント。

山岳写真家。私が信じることができなかった未来を、岳人は手に入れていた。私の後押しなど必要なかったのだ。

ただ、撮影者を知って衝撃を受けたのは私だけで、綾子さんに、五竜岳への思いがさらに強くなった、といった心境の変化は感じられなかった。

そのうち、私の身に、橋を消し去るようなことが生じ、五竜岳は再び「いつか」となったように思っていたのだけど……。

口の沢のコルに到着したものの、半時間ほどしか経っていないので、休憩を取らずに進むことにする。午前中には、キレット小屋に到着しておきたい。

ここから小屋までは、三段登りの岩場や、鎖場、ハシゴなどを通過しなければならない。慎重に行こう。

——ゴールデンウイークのどこか一日、私のために空けてもらえないかしら。

突然、綾子さんに言われた。金曜の夜、仕事帰りに「GORYU」に寄って、ホットドッグと赤ワインをいただくのが、唯一の楽しみだと言っても過言ではない。

――事前に準備とか必要ですか？

――ううん、当日だけでいいわ。

ならば、その申し出が直前であっても、イエスと即答できる。文化的な活動をしましょう、と詳細は告げられず、待ち合わせの場所と時間だけ指定され、当日も綾子さんについて歩くだけだった。綾子さんが渋谷か、などと何やら微笑ましい気分でいたら、できて間もないおしゃれな商業ビルに入っていったのだから、唖然とするしかなかった。

エレベーターで八階に向かうと、フロア全体が催事場になっていた。

『山根岳人写真展　宇宙へ繋がる山』と看板が出ていた。

こんな立派な……。震える背を綾子さんの温かい手が押してくれた。

綾子さんはそこに展示されていた写真に心を鷲摑みにされ、五竜岳登山をついに自ら決断した。「私、行くわ！」と目を輝かせる綾子さんの前にあった写真がどんなものだったのか、実はあまり憶えていない。

展示されているすべての写真は目には映った。ただ、それを受け止める脳細胞は、写真展の規模とはまた別の問題で大パニックを起こしていたのだ。認めたくないけれど。

どこにこんな未練が残っていたのかと、自分で自分がよくわからなくなってしまうほどに。

まずは、三段登りを通過した。大丈夫。自転車と同じ。岩稜の登り方を体はちゃんと憶えている。

最初は、私が綾子さんを五竜岳に案内する気でいた。テレキャビンを使った往復なら、難所もなく、綾子さんに体力さえつけてもらえばいい。しかし、自らの状況が変わってからは、案内するどころではなくなった。

確実に綾子さんの夢を叶えるためにも、その道のプロにお願いすることを提案した。

麻実子さんで大丈夫よ、とは言われなかった。少し寂しくもあったけれど、私と二人で行くことに固執すれば、計画そのものが頓挫してしまう。

とはいえ、私は山岳ガイドという専門職があることは知っていても、申し込み方がわからなかった。一般人がそういう人に依頼してまで山に登るものなのだろうか。山岳ガイドの主な仕事は、テレビ番組のクルーの案内や、海外登山なのではないか。山岳部だった頃、ツアーガイドなら見かけたことがあるけれど、山岳ガイドと登っている人など見たことがない。昔の山岳部仲間に当たってみようか。

しかし、この分野においても変化は起きていたようだ。

綾子さんは自分がインターネットで依頼すると引き受けてくれた。あなたは忙しいでしょうから、と。すでに当たりをつけている様子の綾子さんを見て、そんなに簡単に申し込めるようになっているのか、と驚いた。

——イケメンを指名できるのよ。

などと言われては、まかせきるのを申し訳ないとすら思わなくなった。綾子さんはとにかく、私にサプライズをしかけるのが好きだ。

当日まで、何というサイトで申し込んだのか、名前どころか、どんな経歴を持つ人なのかも教えてもらえず、長野駅の駅舎を出たら、山根岳人がやってきた。

まったく、よく腰を抜かさなかったものだ。名刺を見つけてからも、写真展に行ってからも、私は「山根岳人」をネット検索しなかった。

彼が夢を叶えたことを思い知らされるのが怖かった。

だから、山岳写真家になったことは知っても、兼業で山岳ガイドをやっていることまでは知らなかったのだ。そもそも、ガイドになりたいとは、一度も聞いたことがない。彼の地元の登山の師匠が山岳ガイドだと言っていたのを思い出したのは、一人でリフトに揺られている時だった。

思わず、初対面のふりをしたのは私だけじゃない。あっちだって、おう、とも、久しぶり、とも言わなかった。

私に声をかけなくても、綾子さんに「大学時代の同級生なんです」とでも言えば、私だって「山ちゃん、久しぶり」と微笑むくらいの余裕は持てたのに。

この人は、綾子さんのガイドをしてくれる山根さんという人で、私はたまたま同じ道を行く単独行者なのだ。幽霊のように気配を消して、綾子さんが五竜岳に無事登頂できることだけを考えればいい。

鎖場も通過する。茶色く、握った手に錆《さび》が残る古い鎖は、もしかすると、前回も握ったものかもしれない。

――鎖に頼り切っちゃダメだ。

使うなということではない。自分は鎖に全体重を預けてぶらさがるような初心者じゃないのだと、鎖がかかった道から、あえて少し外れて歩く人を見たことがある。植物を踏みつけていることを気にも留めていない様子で。

じゃあ、私は上手く扱えているのか。頼ればらくなところで意地を張って持たず、持たなくても行けるところで、用意されているからには、それを使って進むのが正しい方法なのだと、意地でも鎖を持ったまま進もうとする。

山でそんな使い方をしたことがあったっけ？　いったい、今、何に重ねてしまったのか。山ちゃんはあのあとどう続けたか。

――鎖があるところは、自分で考えなくても歩ける。だから、それに慣れてしまうと、さっきの同じようなところには鎖があったのに、こっちにはない、ってところで迷いが出るし、怖くなる。あれば、整備をしてくれた人に感謝。なければ、自分で安全なルートを考えながら進め、きみならできる！　ってことだ。

鎖に頼らない人生を、私は送ってきたはずだ。たとえ、山がそれに応えてくれなくても。

しかし、綾子さんの後悔に触れて、胸がざわついた。

霧の中から神々しく現れた五竜岳を目の前にして、涙が溢れ出した綾子さん。その理由を打ち明けられた時、彼女をなぐさめたいと思った。気の利いた言葉をかけてあげたい、と。

私が綾子さんだったとしても、ご主人の早期退職を反対したと思います。まだ息子さんが大学生なのに、自分の夢を優先するなんて、身勝手だと思います。

それが声にならなかったのは、喉に届く前に、自分自身を打ちのめしていたからだ。

でも、綾子さんはご主人の夢を反対したんじゃない。先に延ばすことを望んだだけで、ちゃんと応援していました。それは、伝わっていたと思います。ご主人は綾子さんと二人で夢を叶えるつもりだった。

私には、それができなかった。

そんなことを、あの場で言えるわけがない。

いつのまにか、自分を綾子さんだけでなくご主人にも重ねていることに気付き、混乱した。

いつかは、来ない……。

この岩場をまわり込めば、キレット小屋だ。

それでも、綾子さんと一緒に山頂直下までやってきた。一枚の写真に吸い寄せられて。

そして、次の写真に出会う。鹿島槍ヶ岳と花の群落の写真。ああ、ここに向かって歩きたい。

せっかくここまで来ているのに。下山したら、また、ふりだしからのスタートだ。

だけど、綾子さんとここで別れてしまっていいのだろうか。思いを吐露して、本当に満足できているのだろうか。山を去ったあとで、泣きはしないだろうか。

キレット小屋に到着した。細長い縦走路の谷間となる岩稜に、へばりつくように建っている。

左右開けた右手側の向こうには剱岳《つるぎだけ》が見えた。山の外観イメージというものがあるとしたら、私の中では五竜岳と剱岳は同じカテゴリーだ。

五竜岳がカツカレーなら、剱岳は皿の上にカツだけがドンと置かれた状態……、それほどにお腹がすいている。

小屋の外にあるデッキを借りて、五竜山荘で無理を言って用意してもらった、おにぎりを食べる。綾子さんはもうアルプス平に着いただろうか。おいしいお蕎麦《そば》を食べて帰ろうと約束していたのに、申し訳ない。

山根さんが気の利いたところに案内して、付き合ってくれていたらいいのだけど、果たしてガイドとしてのその辺の線引きはどうなっているのだろう。

天の川の下、一人になりたいと言う綾子さんのために、山根さんと一緒に、綾子さんが視界に入り、かつ、万が一、転んだり具合が悪くなったりしたら、即駆けつけられそうな距離まで下がった。

綾子さんはご主人に謝るのだろうか、などと考え、想像するのはやめた。一人になりたい綾子さんに失礼だ。

だから、空を見上げた。ここにも変わらないものがある。あの日から時が止まっているのではないかと錯覚を起こしそうになる。目の前に透明のバリアがあり、自分のいるこちら側だけで時が流れ、少し踏み出してバリアを越えれば、あの日に戻れるのではないか。

いや、並んで立ったのはこの辺りじゃなかったか。

左右の立ち位置まで同じだ。ちらりと横を見る。首の角度まで同じじゃないか?

山ちゃんは高く高く空を見上げていた。

——珍しい星座でも探してるの?

——いや、空と宇宙の境界線。

——バカだね、そんなの上を見ても見つかるわけないじゃん。今、立ってるところが境界線で、私たちは宇宙を見上げているんだから。

自然と口から溢れた青臭い定理を、山ちゃんは笑い飛ばすことなく、なるほど! とカメラを首から下げたまま、手を打って受け止めてくれた。

——山ちゃん、今度は星空じゃなく、宇宙の写真を撮ってよ。

——そりゃ無理だろ。こんなに広い空間を、限られた枠の中に収めるなんて。

——できるよ。今、ここにいるんだから。

同じ場所に再び立つ奇跡が起きても、もうあの頃の二人じゃない。

だから、ガイドの山根さんとは手を繋がない。

時空を超えることができたのは、綾子さんだけだ。きっかり一〇分経って迎えに行った際の綾子さんの顔を見て、私は決断した。

おにぎりを食べ終えたテーブルに、地図を広げた。腕時計を確認する。一二時ちょうど。もう一度地図を見て、簡単な足し算を頭の中で二度繰り返す。

標準コースタイム四時間のところを、五時間かけて歩いたということか。しかも、自分ではいいペースで歩けていると思っていた。心配していたほど疲労をためずに、キレット小屋まで来れたと、まんざらでもない気分でいたのに。当然だ。ゆっくり歩けば疲れも出ない。

どうして、北尾根ノ頭や口の沢のコルで、コースタイムの確認をしなかったのだろう。のんびり休憩なんかしている場合じゃない。今日の行程は、まだあと四時間四〇分残っているのだから。標準コースタイムで。こんなことなら、綾子さんの登頂を見届けず、もっと早く小屋を出ればよかった。

行けるだろうか。

キレット小屋を見る。メンテナンス期間中で食事の提供ができないため、宿泊の予約を受け付けていないけれど、小屋の方はいる。

素泊まりだけなら……。ダメだ。明後日は出社しなければならない。明日中に東京に帰るためにも、今日は予定通り、冷池山荘《つめたいけ》まで行かなければ。大丈夫、ペースアップする余力は充分にある。


行ける。そう断言したじゃないか。

ザックからヘルメットを取り出した。山根さんから借りたものだ。サイズも調整済み。なくても結構、とは言えなかった。ザックを背負い、ベルトをきつめに締める。

一度、冷静になれ。コースタイムのことは忘れろ。余計な思考はいっさい取り払え。ただ、歩くことに集中しろ。

八峰キレットが始まった。

ハシゴを登る。遠目にはそれほど離れていないと思ったハシゴとハシゴの継ぎ目は、いざその場に来ると、自分の足の長さを再確認して、慎重に片足を伸ばさなければならない。

ガレ場を歩く。表面の平べったい大きな石が安全だとは限らない。足を乗せ、信頼できると思えたら体重を移動させる。山と親しくなれたら、次の石が呼んでくれ、声に従って進めばいいけれど、二〇年ぶりに訪れる私に、ここだと教えてくれる石はない。一歩ずつが初めましてのご挨拶だ。今だけ、ただ一度すれ違うだけの間柄。

鎖場を歩く。岩肌を彫刻刀で浅くなぞっただけのような、人が通れる最小限の道らしきものが続く。岩肌から飛び出した植物が顔をこすらないよう、顔をそむけた分、斜面から体が離れ、ひやりとする。

通過したあとの小石の転がる音に気を取られるな。ただし、頭上には注意を払え。木陰が途切れ、視界が晴れても、空は見上げず、足早に通り過ぎろ。遠くない日に落石が起きたところである可能性が高い。

目を開けろ。耳をすませ。己に負けるな。山を信じろ。

難所は抜けた。そのまま、鹿島槍ヶ岳、北峰を目指す。

――鹿島槍はエビフライって、ホント、目から鱗《うろこ》の発想だよ。あれ以来もう、そういうふうにしか見えない。

学食でエビフライカレーを食べながら山ちゃんが言った。その時、自分が何を食べていたのかは思い出せない。言葉の意味がわからなかった。

鹿島槍をエビフライカレーにたとえたのは、あんたがいつもカツカレーとエビフライカレーを交互に食べていて、カツの方が音の響き的にも五竜っぽいと思ったから、消去法で、エビフライが鹿島槍になっただけなのに。声に出していないのは、ラーメンでもすすっていたからか。山ちゃんはスプーンの先で、ピンと上を向いた赤いエビのシッポの二つに割れた先っぽを、ちょんちょんとつついた。

――南峰と北峰。

鹿島槍ヶ岳に二つの峰があることは知っていても、地図から立体図が湧き上がってくるほど、読み込めてはいなかった。ピンとこない。

なるほど、と口にしたのは、先に南峰、続いて北峰の頂に立った時だったから、山ちゃんは不思議そうな顔で何を発見したのだと、ぐるりと一周見回した。

北峰に到着した。

腕時計を確認する。二時四二分。標準コースタイムは縦走路の二時間三〇分と、北峰往復一五分のうちの登り分。ちゃんとコースタイム通りに歩けたじゃないか。一人で八峰キレットを通過することができた。

証拠写真を撮るために、スマホを出す。道標をフレームの真ん中に収め、気が付いた。背景が真っ白じゃないか。しかし、振り返れば、まだ、青空のかけらを見つけることができた。

ザックを下ろし、ドライフルーツの袋を出す。パイナップル、次はマンゴー。そうだ、ボトルに入れてしまったら、手が入らない。ボトルを口に運んで流し込むから汚れた手を使わずに食べられて衛生的というのがウリなのかもしれないけれど、味は選べない。……いつまでこだわってるんだ？

水を飲み、出発の準備をした。

北峰頂上から南峰頂上までの吊尾根《つりおね》。標準コースタイム四〇分、ここをクリアすれば、あとは小屋までゆるやかな下り坂で、鼻歌まじりに歩くことができる。

ちゃんと、行けたわよ。得意顔で報告してやりたいけれど、私がガイドの山根さんに会うことはもうないだろう。ヘルメットは冷池山荘に預けてくれと言われた。これだって、必要なかったのだ。あの頃は、二人とも、それどころか、他の登山者たちだって、ヘルメットなんかかぶっていなかった。

外そうか。南峰に着いたら外そう。小屋でポストカードを一枚買って、無事縦走できましたと書いて、ヘルメットと一緒に預けよう。

ご心配おかけしました、と。

岩稜を下る。G4、G5、八峰キレットに比べればなだらかで歩きやすい。それでも、一つ岩場を通過するごとに、吐き出す息の量が増えていく。ふんばれ、二〇年前と変わらないペースで歩けました、と書いてやれ。

天の川を見たあと、三人で食堂に戻った。そこで、私は綾子さんに、明日、一緒に下山せず、鹿島槍ヶ岳に行きたいと申し出た。もちろん、山根さんは綾子さんと下山して、駅までしっかり送り届けてもらう、とも。

——私は麻実子さんがやりたいことをやってもらいたいわ。だけど、これはツアーを途中で抜けて、単独行動するということになると思うから、山根さんに相談して。承諾がもらえたら、私、全力で応援しちゃうから。

綾子さんはそう言うと、山根さんに向き直った。

——麻実子さんが自分の願望を口にするのを、私は今日初めて聞いたの。だから、私からもお願いします。

綾子さんは校則違反をした生徒の保護者が先生に向かってやるように、頭を下げた。

——じゃあ、あとは二人でね。なんだか、今頃になって、ワインがまわってきちゃったわ。おやすみなさい。

うふふふふ、と綾子さんは笑みを浮かべて食堂から出て行った。あの笑い方はどういう意味だ？　山根さんと初対面ではないことがバレるような言動を、とってしまっていただろうか。

——ゆっくり休んでください。

山根さんは笑顔で綾子さんを見送り、食堂のドアが閉まったのを確認してから、私に向き直った。

――やめておけ。

山ちゃんだった頃にも、岳人だった頃にも聞いたことがない、厳しい口調だった。

――どうして？　……ですか。

――ですか、って。まあ、いいや。まみ、やさんは、五竜岳を往復する分のトレーニングしかしていないでしょう。しかも、六五歳の初心者の方と歩くことを前提とした。そういう人が、単独で行けるコースじゃありません。しかも、キレット小屋で一泊するならまだしも、今週はメンテナンス中で宿泊を受け付けていません。

言い返す言葉がない。何も間違っていないのだから。山根さんも、山岳ガイドとして忠告するのなら、ここでやめておけばよかったのだ。

――どんなコースだったか、憶えてるよな。また、今度来ればいい。

優しく言ってくれたのに、腹が立った。優しさが余裕に見えて、癪《しゃく》にさわった。

――今度っていつ？　そりゃあ、あんたみたいにそれが仕事で、積み重ねができている人は、コースに応じて二日、三日、予定を調整すればいいだけだから、今度なんてすぐにやってくるでしょうよ。だけど私は、登山をする二日、三日は作れても、トレーニングする時間までは、かなり無理しなきゃ作れないの。今回のためにトレーニングしてきた筋力や体力は、下山して、日常生活に戻って一週間も経てばリセットされる。前回どこを登ったかなんて関係ない。毎回、ふりだしからスタートなの。綾子さんのご主人だって、きっとそうだったはず。会社員なんだからちゃんと休みをとって、山に行こうと思えば行けたんじゃないか、なんて思ってないでしょうね。山から離れた人間にとって、登山口に立つことは、山頂直下にいるようなものなのよ。登山口までが遠いの。何年も、何十年もかかるくらいに。明日下山して、ふりだしに戻ってしまったら、今度がある保証なんてどこにもない。だからといって無謀な挑戦をしようとしているんじゃない。今日一日、山を登る自分と向き合って、行ける、と感じたから……。お願いします。

頭は下げない。目を逸らすことになるから。

――荷物、持ってきて。……ください。

ザックを取って食堂に戻ると、山根さんも自分のザックを持ってきていた。カポッとオレンジ色のヘルメットをかぶせられ、黙ったまま調整される。

――網やバーナーを預かります。

――どこに？　ですか。

――僕が持って下りて、白馬駅で綾子さんにお渡しします。このヘルメットは冷池山荘に預けてください。

――ありがとうございます。

綾子さんに負担をかけるのを申し訳なく思いながらも、ヘルメットをかぶったまま頭を下げた。そこに、てのひらが乗る。

――本当に、大丈夫なんだな。

乗せられた手に伝わるよう、黙って大きく頷いた。

――よし、ズレない。

呑気な声でそう言って、彼は先に食堂を出て行った。彼、って誰だ？

必要最小限のものしか入っていないのに、ザックが重い。水を吸ったわけでもないのに、靴も重い。それでも、どうにか下り終え、少し開けたガレ場に出た。

なんだ、これは。垂直に伸びている岩の壁。こんなところ、あっただろうか。

そうか、南峰からこの壁を下り、北峰に登った感覚が、エビのシッポのイメージと重なって、なるほど、となったのだ。

でも、そんなかわいいものじゃない。ここを、登る？　見上げれば見上げるほど、膝から力が抜けていく。一度、座ろう。ザックを下ろして、エネルギーと水分を補給する。

ドライフルーツの他に、昨日開けることのなかった、アーモンドチョコレートとミルクキャラメルを、それぞれ二個ずつ食べた。水を飲み、塩分補給用のレモンキャンディーも二つ舐めた。

なのに、腰が上がらない。立ち方がわからない。もう少し休むか。でも、もう四時だ。空を仰ぐ。白一色だ。青い部分はどこにもない。降水確率一〇パーセント。救いの呪文はこれしか思いつかない。

スマホのアンテナは圏外。せめて、他の登山者がいたら、小屋への到着が遅れることを伝えてもらえるのに。いた。走っているかのようなスピードで、ずんずんとこちらに向かってやってくる。あ……。

「よかった、コース上にいて」

「なんで」

「ケガは？」

「ない」

「体力の限界超えてるのに気付かないまま、気力だけで八峰キレット渡って、気が抜けたところに、この登りが見えたんだろ。まず、これ」

アミノバイタル、と書いてあるスティックを渡される。

「これで飲む」

経口補水液のペットボトル。

それらを口に流し込んでいると、足元に置いていたザックを持っていかれた。自分のザックに私のザックを背負わせるように重ね、二つが離れないよう細いロープを巻き付けて固定している。

「ちょっと、待って。私、自分で背負って歩ける。休憩していただけだから」

「今がまだ一時なら、おまえがザック背負って歩けるようになるまで、一緒にここに座って待ってやる。他人にザックを背負わせて登頂できても、嬉しくないどころか、悔しくてたまらなくなることも、わかってる。そういう姿を、一番見せたくない相手が誰かも。でも、ちゃんと聞け。あと二時間しないうちに、警報級の雨になる」

それなら、絶対に降る。一度、登山の師匠から何を教わっているのかと訊いたことがある。いくつかあがった答えの中に、空と天気図の読み方というのがあった。

——天気予報より、師匠の読みの方が当たるんだ。ちゃんと、空を見るから。

晴れた日の五竜岳が見られないことを綾子さんが残念に思わないように、西遠見山への到着時間も調整しながら歩いていたはずだ。それも、あんなタイミングで。

「お願いします」

岳人がニッと笑ってザックを背負った。

「こういう場合の安定感も抜群だな。レポートに書いておこう。実験に協力してると思えばいい」

私の前に立つ。

「よし、膝に力を集中させて、ゆっくり立ちあがれ」

言われるまま、立てた。

「一歩を大きく出そうと思うから、かえって動かせないんだ。数センチでもいい。前に動く分だけ出して、地面につける。それを左右交互に繰り返す。そうすれば、自然と前に進む。心配すんな。一番、安全で歩きやすいコースを俺がとる。余計な神経使わず、後をついてくりゃいい。ちゃんとゴールまで連れて行くから」

足が動いた。前後に開き、左右のアキレス腱を伸ばす。ついでに船も漕いでおく。いいぞ、と岳人も船を漕ぐ。

「行こう、麻実子」

足だけじゃない。体が自然と前に出た。この背の追い方を私は知っている。垂直に見えていた岩稜も、そこに取りつけば、ちゃんと二足歩行ができる傾斜があることに気付く。岳人が手をかけたところに、手をかける。岳人が足を乗せたところに、足を乗せる。

Ｇ４、Ｇ５、に垂直の記憶がないのは、あそこもこうして登ったからだ。

遠くを見上げない。岩稜に威嚇され、萎縮しないように。ただ、目の前にあるその背を追う。

溢れそうな涙は、最後の意地でくい止める。

ラスト、一歩。登りきれた。

岳人は振り返って私を確認すると、再び、前を向いて歩き始めた。

鹿島槍ヶ岳、南峰に到着した。

嬉しくない。まったく、嬉しくない。素通りしてしまいたい。このまま、山を下りてしまいたい……。しかし、岳人は足を止めた。ザックを下ろす。

「ここからは、背負って行けそうだな」

そう言って、ロープを解《ほど》いた。岩稜を登りきったところでザックを下ろし、さあここから自分で背負って南峰の頂上に立っておいで、みたいなことをされなくてよかった。

「あの……、ごめんなさい。ちゃんと、やめておけ、って言ってくれたのに、行ける、なんて、できないくせに過信して……。山に来てしまって、ごめんなさい」

頭を下げた。顔を見るのが怖い。ヘルメットに両手が乗った。ゆさゆさとゆさぶられ、止まった。なんだ？　と顔を上げる。困った顔が待っていた。

「山に来たことを謝られちゃ、ガイド失格だ」

「そういう意味じゃ……」

「でも、まだゴールじゃない。挽回するチャンスはある。うすピンクの花が見たいんだろ」

写真を眺めているところを、見られていたのか。

「アズマシャクナゲじゃないの？」

「その名前は、教えてもらってない」

「でも、真っ白で何も見えない」

霧は足元まで下りてきている。麓から見れば、雲の中かもしれない。

「あれを撮ったのは、明日のコース上だ」

「ありがとう……。楽しみ、です」

岳人の顔はほころび、苦笑に変わった。

「なんだよ、またガイドの山根さんか。よし、長居はしない。ヘルメットは取っていい。ここでもらう。合羽は上下着ておこう。あと、ストックも準備して」

はい、と答え、ようやく少し、口角を上げることができた。下り用のストックの長さも教えてもらう。登りよりやや長め。

でも、あの頃に戻れたなんて、錯覚を起こしちゃいけない。

布引山《ぬのびきやま》を通過して、冷池山荘に向かう。視界は悪いけれど、道幅の広い、ゆるやかな下り坂は歩きやすい。ストックをつく。夏の夕暮れに、道端で拾った木の棒を、意味もなくがたがたと引きずりながら、家に帰っていた子どもの頃の気分だ。

ああ、お母さんが泣いてなきゃいいな……。

「どこから来たの？」

背中に向かって問いかける。それくらいに、回復している。

「小遠見山から」

「下山の途中に？　綾子さんは？」

「昨日、小屋で一緒だった二人に合流させてもらった」

「そんな、いきなり親しくもない人たちと」

「綾子さんが、こちらの方たちとご一緒させてもらいたい、って。小遠見から鹿島槍を眺めていたら、おいしい蕎麦までもうすぐですよ、って声がして、二人が下りてきたから」

綾子さんは私を案じてくれたのだ。でも……。

「なんで来てくれたの？」

行ける、を、やはり信じられなかったということか。

「昨日の段階で、空元気だったって知ったから。……年明けに、お母さんがくも膜下出血で倒れて、少し麻痺が残ってしまったから、週末ごとに静岡の実家に帰って、お世話してるんだってな」

まさか、こんな詳細に、病名まで。

「綾子さんが、下山中に、私の個人情報を漏らしまくったわけね。初対面のガイドに、よくもまあ……」

ため息がこぼれた。

「同じ大学の山岳部だって気付かれてた」

「えっ」

「綾子さん、俺の公式プロフィールもばっちりチェック済みで、同級生のはずなのに、なんでお互い知らんぷりしているのか、かえって気になったって」

「私、綾子さんに出身大学は言ってないのに。どこで気付かれたんだろ」

「昨日の朝、駅のホームで綾子さんを待っているあいだ、船漕ぎ体操しただろ」

「あれを見られてたのか。だからって、親の話までする？」

返事はない。霧はますます濃くなっていく。距離を少しつめる。

「別に、責めてるわけじゃない。帰って、綾子さんに文句も言わない。感謝しかないから。ただ、私のことをどんなふうに話したか気になるだけ」

頰に雨粒が当たった。合羽のフードをかぶる。

「今回の登山で、やっぱり息子の嫁になってほしいと思ったんだってさ。だから、さすがに無理でしょうって言ったんだ。だって、おまえ、川嶋《かわしま》の、川ちゃんだったじゃん。そうしたら、あら、麻実子さんは独身よ、間宮はお母さんの姓、その辺りの事情は深く知らないけれど、ってところから、病気の話になったんだ」

だから、自己紹介がいやなのだ。名刺を渡す。相手が首をかしげる。母親の旧姓なんです、と面白くもないのに笑ってみせる。ガイドの山根さんにはしなかったけど。

「間宮麻実子。娘の名前を付ける時、将来、自分の名字になるかもしれないって、想像しなかったんだろうね。あーあ、私も結婚してることにしたかったのに」

「……も？」

道幅がさらに広くなったからか、岳人が横に並ぶ。雨粒が大きくなり、風が出てきた。声が聞こえにくいから隣に来たのだろうけど、このタイミングか。

「奥さん、きれいな人じゃない。明るくて、優しくて、写真のことにも詳しくて……、あんたの作品を誇りに思っている、最高の人。おまけに、若い」

「誰のこと?」

「やだなあ、しらばっくれちゃって。ゴールデンウイークの写真展。受付にいた女性に、綾子さんが、今日は山根岳人先生はいらっしゃらないんですか?　って訊いたら、打ち合わせに出ているって。サインがほしかったって残念がる綾子さんに、サイン入りの写真集を案内してくれたり、五竜岳を見たいって言う綾子さんを、写真のところまで案内して、撮影場所や季節を説明してくれたり。綾子さん、ブロッケン現象まで知ってるんだから。受付に他のスタッフもいるとはいえ、忙しそうなのに、ずっと笑顔で。首から下げてるホルダーがひっくり返ってるのを直したら、山根あかり、って書いてたから奥さんだってわかったの」

　そして、混乱した。

「ならさ、登ってる途中、綾子さん、その話しない?」

　確かに……。

「多分、ネットで検索したんだ。で、あかりが俺の妹だって知った。あいつは、地方局を中心にフリーアナウンサーをしてるから、ある程度の情報はオープンになっていて、わざわざ俺に訊く必要もない」

「妹……」

　雨粒から本降りになったせいで、聞き間違えたのだろうか。

「いるって、言わなかったっけ?」

「一人息子としか聞いてない」

「まあ、一男一女で、八つ年下だし……」

女の子だから、親も期待は兄にかけるだろう。

「まったく検索してないんだな」

「そもそも、ネットをしない。そういうのは、仕事に関することだけで充分」

「だから、フェイスブックも、ツイッターも見つからないんだ。そもそも、川嶋麻実子で入れるから、毎年、中三の陸上部の県大会で走り高跳び三位入賞しか引っかからないし」

「怖いな、ネットの世界。ていうか、検索したんだ」

「二〇年間、毎日思い出してるわけじゃない。むしろ、ほとんど思い出さない。でも、年に一回、元気にしてるかなって思う日があって、検索してしまう」

その日がいつかは推測できる。でも、訊かない。

「間宮麻実子で検索しても、何も出てこないよ。私の大学卒業と同時に親が離婚して、入社式の日に名字が変わったことを会社に報告したら、名刺の発注をもうしてるのにって、怒られた。それにもめげずにがんばってきたのに、上司のセクハラ訴えたら、なぜか私が子会社に出向」

四〇過ぎても独身なんて寂しいんじゃない？　愛人にしてあげようか。思い出すのも気持ち悪い。

「プロジェクトが成功して、係長の肩書がついた名刺が刷り上がったばかりだったのに。これには文句を言われなくて、すぐに、新しいのが用意された。北極乳業サービスっていう子会社で、うちの乳製品を使ってください、って飛び込み営業もしなきゃいけないから」

こんな話、なんでしているんだ？

「まあ、それで綾子さんに出会えたから、よかったのかな」

「その……、綾子さんの息子は？　医者っていう。どこのレストランで一緒に食事をさせようかって張り切ってたけど」

それは、きっとパフォーマンスだ。綾子さんなりの解釈に基づいて、おせっかいおばさんを演じたに違いない。

「ないなあ。五歳下っていうのは気にならないけど、彼女が三人いるのはダメ。勉強で失った青春時代を取り戻してるんだって。アウトでしょ。それを綾子さんは不倫と呼んでいるんだけどね。言葉の意味としては間違ってない」

「ああ、それで」

そもそも、あの会話の時点で、綾子さんはさぐりを入れていたのだ。雨がさらに強くなる。

雨は嫌いだ。外に逃げられないから。お母さんの泣き顔を見ていないふりをしなきゃならない。

「浮気男は父親だけで充分。威張りちらす男も。働いたことのないお母さんは、離婚したら生きていけないってわかってて、開き直るの。経済力ない女って惨めだなって、ずっと思ってた。高校卒業したら働こうって、進路調査票にもそう書いて。そうしたら、三者面談の帰りに言われたの」

あの日も雨だった。

「大学に行きなさい。一流企業に就職して、自立できる女になるの。それまで、お母さん我慢して、川嶋姓のままでいるから、って。山岳部に入ったのは、長期合宿がある部がよかったから。三年生のある晩に、一流企業ってどこだろうって考えて、冷蔵庫開けたら、誰かさんが常備しているレーズンバターが目に留まった。社割とかあるかな、なんて」

風がゴウッと鳴った。こんな話、聞こえなきゃいい。私の独り言でいい。

「内定が出て、お母さん、泣いて喜んでくれた。私、今度は私がお母さんを養ってあげるんだと思ってた。お母さんもそれを期待して我慢していたんだ、って。東京に出てくる？　って当然のように訊いたら、市内にアパートを見つけてるって。友だちもいるし、仕事も決まりそうだから大丈夫って、これまで見たこともないような笑顔で言うの。おまけに、医療事務の資格まで取った、って。嬉しいことではあるんだけど、あれ？　とも思ったんだよね。なら、私、一流企業じゃなくてもよかったんじゃない？　地方ののんびりした会社でも」

「ちょっと待て」

岳人が足を止めた。こちらを向く。顔を正面から雨が打ち、その滴を大きな手で拭った。

「麻実子は、好きな会社でバリバリがんばって働きたいから、俺に、同じ山を一緒に登って応援することはできないけど、お互い、それぞれの山を目指してがんばろうって言ったんじゃないのか？　いつか、山頂で手を振り合おう、って」

四年生の夏の終わり、就職活動をしなかった岳人に、これを笑って言える練習を何度繰り返したろう。写真が視界に入ると心が揺らぐから、全部、段ボールにまとめて押し入れに仕舞った。だから、岳人は部屋に入ったと同時に、自分から言った、はずだ。

――まだ、納得できる写真が撮れていないんだ。あきらめたくない。地元に帰って、山に登りながら、一から勉強し直そうと思う。

ちゃんと宣言してもらえたおかげで、練習通りの言葉をわりと上手に伝えられ、あっけなく幕切れした。

「いや、進もう」

岳人は再び前を向いて歩き出した。山道のところどころにまだ雪が残っていて、しゃぐしゃぐと音を立てる。ストックがあってよかった。

「よかったんだよ、あれで。私は夢をあきらめて北極に入ったわけじゃないから。岳人は自分の登りたい山しか登らない。でも、私は案外どこでもいいの。ただし、山の前に立ったからには頂上を目指す。北極は、ガレ場も鎖場も多くて、挑みがいのあるところだった。それに、お母さんがあんなことになった今、ちゃんと面倒を見てあげられる。出向になった時には、会社を辞めることも考えたけど、続けていてよかった。山の選択に後悔はしていない」

「でも、もっと時間に融通の利く仕事とか、在宅の仕事も考えているんだろ。じゃなきゃ、体がもたない」

綾子さんはどこまでもおしゃべりだ。カフェオレをなみなみと注いだボウルをよろよろと運ぼうとしているのを手伝おうと立ちあがり、そのまま気を失って倒れてしまったことがある。

「今更、別の新しい山なんて、無理だよ。今の山を引き返すのも悔しい」

細い分岐路に、小屋の案内看板が立っていた。そちらに曲がる。

「五竜岳とか、鹿島槍ヶ岳とか、山単体で考えるんじゃなくて、後立山連峰って考えてみるのはどうだ?」

大切な話をしてくれているはずなのに、頭の中には、カレーが浮かんだ。

扇沢《おうぎさわ》から柏原新道を登り切り、昼食に種池《たねいけ》山荘でカレーを食べていた時だ。そのカレーには何ものっていなかった。すると、山ちゃんが突然ひらめいたように言ったのだ。

――いつもは選択肢があるから、カツとエビフライどっちかを選ぶけど、両方のってるのがあれば、もっとよくない？　二つを皿の真ん中一列に並べて、後立山連峰カレーじゃん。うわあ、めちゃくちゃ食いたい。

五竜岳から下りた後、私のアパートの近くにあるスーパーで、レトルトカレーとお惣菜のトンカツとエビフライを買い、天の川の話をしながら二人で食べた。

でも、カレーのことではないはずだ。

「どういうこと？」

「北極乳業はちゃんと頂を踏んで通過した。係長になるような仕事をしたんだろ。そのあとの下りは下山じゃない、次の山に向かう道なんだ。今はキレットを通過しているのかもしれない。お母さんのことも、福祉とか、病院とか、お母さんの友だちとか、もっと頼っていいんじゃないか？　鎖場を手放しで歩くことは、ちっとも立派なことじゃない。おまえなら、できるだろ」

キレットを抜けた先で、動けなくなったのに？　雨のせいもあり、辺りはもうそろそろライトが必要な暗さになっている。あのまま、吊尾根にいたら……。

「無理だよ。今の私じゃ」

「急がなくていい。山は変わらない」

「でも、人は変わってしまう」

「全部、変わるわけじゃない。麻実子の変わってないところ、言ってやろうか」

息を飲む。それを、この圧倒的に惨めな状態で言われたくない。きっと、私は意地を張って否定する。

「行動食の袋」

「はあ?」

予想外の言葉が飛んできた。

「レーズンばかり残ってる」

「当たり」

テント場を抜けて、小屋に向かう。私はレーズンが苦手だ。なのに、ドライフルーツミックスを買うのは、ちゃんとそれを食べてくれる人がいたからだ。今回は、どうするつもりだったのだろう。

「ほらな、すごいだろ。もう一つある。でも、もうゴールだ。お疲れさん」

小屋の入り口前に着いた。窓に映るオレンジ色のあかりが温かい。

「ありがとう。ございました」

「ござい……。まあ、いいや。明日、下山して扇沢で見送るまではガイドの山根さんだ。もう一つの変わってないところは、綾子さんの店『GORYU』で」

「うん、『GORYU』で」

小屋のドアを開けた。こんな時間に到着したのに、笑顔で迎え入れてもらえる。玄関の斜め奥にある食堂からは、カレーの匂いが漂ってきた。

# 北アルプス表銀座

# 一日目

山に登ったら、そのまま時が止まればいい。

ならば、私たちはずっと一緒にいられる。太陽が上空にあるうちは、手を取り合って岩稜を越え、花を愛でる。夜はランタンの灯りの下で、ホットワインを片手に語り合い、歌い、奏で、互いの心音を子守唄にするかのように、寄り添って眠る。

どうか、どうか、夢から覚めませんように……。

覚めた。雨音で。ガラス窓に当てた方の耳に、小石を投げつけられたような音が響く。一粒、二粒、そんなかわいい音じゃない。両手ですくい上げた砂利を一斉に叩きつけられるような、激しい音、雨。豪雨。

目的地が近付くにつれ、どんどん激しさは増していく。

蝶ヶ岳《ちょうがたけ》登山口でバスは停車した。暗闇の中、降りていく人がいる。赤の他人なのに、まるで戦いに出かける恋人を見送るような気分で、その後ろ姿を案じてしまう。

どうか、ご無事で……。いや、無謀じゃないか。

とはいえ、終点である私たちの目的地、中房《なかぶさ》温泉にも、あと一時間半後に到着する。それまでに止《や》む気配はまったくない。それでも、外が明るくなるのだけが救いか。

本当に登るのか？　何が、時が止まれば、だ。むしろ、このままバスに乗り続けて東京に戻りたい。ベッドに寝転んだまま、海外ドラマを何話も観続けていたい。だけど、彼女はその隣にいてくれるだろうか。山ではない場所で、その心音に耳を澄ませることを、私に許してくれるだろうか。

隣を見る。後ろの人を気遣って、ほとんどシートを倒していないというのに、気持ちのいい玉座にもたれかかるようにして、サキは静かに目を閉じている。バス全体に弾丸を撃ち込むような雨音にまでなっているのに、どうして寝ていられるのだろう。

そうだ、耳栓。彼女は彼女しか存在しない世界で眠っている。

目を開けた。視線が合い、サキは、どうしたの？　といった顔で耳栓を抜いた。と、雨音が耳に届いたらしい。

「雨ね。合羽《かっぱ》の上着くらい、バスに持って入っていたらよかった」

中止をまったく考えていないようだ。

「行くの？」

「天気予報、明日には止むんでしょう？　槍《やり》ヶ《が》岳《たけ》が晴れていればいいじゃない。あっ、喉……」

「ううん、平気。スプレーも防寒着も、思いつく対策は全部している」

そうだ、私たちには大切なミッションがある。怖気《おじけ》づいている場合じゃない。

中房温泉に到着した。覚悟を決めたとはいえ、窓の外を見て、呆然とするしかない。バスが止まったのは、未舗装の原っぱ。温泉と名がつくため、どんなに土砂降りでも、下車後はとりあえず雨をしのげる場所に移動し、そこで準備を整えて、改めて気合いを入れ直して出発できるのだと勝手に思い込んでいた。

しかし、目視できる範囲で、そんなところはどこにも見当たらない。だからなのか、運転手さんのご厚意で、乗客は皆、バスの中で身支度をさせてもらえることになった。全員がトランクに積んだザックを取りに行くと、ごった返すため、前方の席の人たち五、六人が外に出て、誰のものか関係なく、降ろした順に、バケツリレーのようにバスの中まで運んでくれることにも。

サキが何も言わずに立ちあがり、急いでその人たちの後に続く。仕方ない。サキのザックの中には、彼女の命とも言えるものが入っているのだから。出て行って三分も経っていないはずなのに、その上から合羽を着る意味があるのだろうかと思うほど、全身から水をしたたらせながらザックを抱えて戻ってきた。

「大丈夫?」

「防水の袋を二重にしてあるから、平気」

自分のことはどうでもいいようだ。

バスは満員のため、自分の座席スペースのみで、えっちらおっちらと合羽の上下を身に着け、ザックにも雨避けカバーをかけた。靴ひももこの段階でしっかりと結ぶ。ストックを伸ばし、周囲の人にぶつけないよう、二本揃えて胸の中心に抱える。

そうして、準備の整った人からバスを飛び出していく姿は、さながら、スカイダイビングかバンジージャンプを見ているかのよう。どちらも経験したことのない私も、えいっ、とバスから降り、一目散に登山口のある方へ駆け出した。サキもすぐに私に追いつき、とりあえず、温泉の建物の軒下に入ったけれど、雨をしのげるどころか、雨どいから溢れた雨が滝のように流れ落ちているのでは、意味がない。

出発する人たちを見ながら、二人で顔を見合わせて頷いた。

軒下から飛び出す。そうして、一分も経たないうちに全身ずぶ濡れになると、なんだかどうでもよくなった。抗《あらが》えないことだと脳が判断し、思考を止めてしまったかのように。ジャングルでトラに遭遇したら、同じような心境になるかもしれない。

「行こうか」

サキが言う。私は大きく頷いた。

もしかすると、最後になるかもしれない、私たちの旅へ……。

燕岳《つばくろだけ》への合戦尾根《かっせんおね》は、烏帽子岳《えぼしだけ》へのブナ立尾根《たておね》、剱岳《つるぎだけ》への早月尾根《はやつきおね》と並び「北アルプス三大急登」と呼ばれる。らしい。他の二つに行ったことがないので、どれくらいの急登か予測もつかないのだけど、そもそもこれは、登り坂ではない。

濁流がざぶざぶと流れる川だ。当然、川だって私は登ったことがない。

何をしているんだろう。心が再び揺らぐ。

山岳部員でもないのに。体育会系の部活動にいっさい関わらず、運動するのは体育の授業の時だけだった私が、大学生になってから、どうしてこんな修行のようなことをするはめになったのか。しかも、音大で。

私はただ、伴奏者を探していただけなのに。

地方の町のカラオケ大会で、トロフィーコレクターだった私の将来の夢は、当然、歌手だった。しかし、歌手のなり方がわからない。しかも、カラオケ大会で優勝すると大喜びしていた両親に、オーディションを受けたい、と相談したら、笑われた。もっと堅実な将来設計をしろと、怒られたり、泣かれたりする方がマシだ。

――ムリムリ。こんな田舎でちょっと歌が上手いくらいでなれるような甘い世界じゃないんだから。

見たこともないくせに。挑戦しようとしたこともないくせに。

ただ、こうも言ってくれた。

――そんなに歌が好きなら、音楽の先生になればいい。音大に行く費用なら出してやるぞ。

今度はこちらがあきれる番だ。それこそ無謀なのではないか。声楽どころかピアノすら習ったことがないのに。でも、東京に出ればチャンスが広がるはずだ。アイドルを目指しているのではない。ならば、急ぐ必要はない。歌を勉強できるに越したことはない。

幸い、高校の音楽の先生が、放課後にレッスンしてくれることになった。見た目も声も天使のような美しい先生だった。一人では出せない音も、先生が白く柔らかな手で私の両頰を包み込んでくれると、頭のてっぺんの蓋が開いたようなイメージが湧き、出せるようになった。

先生はその手で、喉の開き方や声の出し方、響かせ方も教えてくれた。先生の理想通りに歌うことができた時には、しなやかで柔らかい腕をぎゅっと私の体に巻き付けて、力いっぱい抱きしめてくれた。

そして、奇跡の合格。一番に先生に伝えると、先生はもっと幸せそうな顔で結婚が決まったことを教えてくれた。

その時、私の体内を通り抜けた、泥水のようなざらっとした感情の正体を、当時の私はわかっていなかった。ただ、それ以来、頭の蓋が開くことはなかった。

泥水もこれだけ勢いよく流れてくれれば、それはそれで潔く見える。ついでに、私の体内の泥水も一緒に流してくれるような、愛おしさまで湧いてきた。いったい脳内で何現象が起きているのか。

声楽科に入った私がまず最初にしなければならないのが、伴奏者探しだった。付属高校上がりでない私には、とっかかりの手段すらわからない。しかし、そんな学生に対して、大学側が用意した専用のウェブサイトがあった。

要は、音大版マッチングアプリのようなものだ。自分の歌を録音したものを登録し、ピアノ伴奏者募集の欄に載せる。プロフィールシートに受賞歴という項目もあったので、地元のカラオケ大会を規模の大きな順に三つ書いておいた。愛の告白でもないのに、こういう場でも、自分から積極的に相手を探して、お願いしますとは言えない。

だから、気付くのが遅れた。自分について書く際、他の人のを参考に見ればよかったのに、覗き見のようで躊躇したのがよくなかった。同じ声楽科の子に、野上《のがみ》さんっておもしろいね、とクスクス笑いながら言われ、別の親切な子に、カラオケとか書かない方がいいよ、とこっそり耳打ちされた。クラシックの受賞歴を書くのだ、と。

——なければ空欄にしておけばいいけど、うちの大学に来るなら、地元の新聞社主催のコンクールぐらいには入賞しているよね……。

そんな受賞歴はない。急いで消さなければと昼休みに中庭でこっそりスマホを取り出したら、なんと、一度会って合わせてみませんか、というメッセージが届いていた。

ピアノ科の一年生、岩田勇太郎《いわたゆうたろう》。

力強い演奏をしそうな名前だなと思いながら、カラオケ込みで声をかけてくれたこの人はきっと私をバカにしないはずだと願望混じりの信頼感を抱き、ぜひお願いします、と返信した。

翌日、指定された練習室に行くと、ピアノの椅子にエルフを思わせる、色白で線の細い、きれいな顔の男の子が座っていた。

そして、もう一人。バイオリンを持った、背の高い、しなやかな体と顔つきの女の子。

前田美咲《まえだみさき》、と彼女は名乗り、サキでいいよね、と男の子は笑った。

——俺はユウ。きみは、ユイ。なんか、トリオっぽいね。

サキはざぶざぶと流れる泥水などものともしない様子で、長い足を軽やかに動かしながら急坂を登っていく。

ネコ科の動物のようだ。黒豹……。青い合羽なのにそのイメージが湧くのは、初対面の日の服装が、黒いシャツに黒いパンツだったからに違いない。

ユウは白いTシャツに両膝が裂けたジーンズを穿《は》いていた。私はピンクのフワフワとしたワンピースで、服装的には、三人、相性が合わない気がした。

バイオリン科のサキもピアノ伴奏者を探していたらしく、ユウは二人分引き受けるつもりだと言った。それでは、ユウ自身のピアノの練習時間が削られるのではないかと、もしも、後から声をかけられたのが自分なら、辞退しようかと思っていた。

——俺は作曲をしたいんだ。サキの音にも、ユイの声にもシンパシーを感じた。だから、伴奏を引き受けるかわりに、俺の曲作りにも協力してほしい。

そもそも、私はユイと呼んでもらえたのが嬉しかった。野上さん、結衣ちゃん、と呼ばれても、呼び捨てしてくれる友だちはいなかった。友だちになった、もっと仲良くなりたい。そう望むと、何故だか、みんな遠ざかっていく。

仲間と曲作り。ユイちょっと歌ってみて、などと言われるのだろうか。

ワクワクしながら大学生活の楽しい場面を思い描いてみたものの、まさかそこに登山が登場するとは。

そんな私が北アルプス三大急登に挑んでいる。しかも、雨の中。だけど、まだまったく息はあがっていない。

少し開けたところに出た。第一ベンチ、と書いてある。サキが足を止めて振り返った。

「休憩する？」

私は首を横に振った。びしょ濡れの状態は変わらないけれど、立ち止まると、さらに大量の雨を頭の真上から受けてしまう。幸い、合羽の中のTシャツやインナーが濡れている感覚はない。

「じゃあ、水だけ」

サキが言った。ベンチに腰掛ける気もしない。ザックの雨避けカバーの隙間からサイドポケットに手を伸ばし、水筒を取り出すと、互いに向き合い、ほぼ無言で立ったまま水を飲んだ。

しんどくない？　と私が訊《たず》ね、平気、とサキが答える。

それだけを確認して出発した。

――山に登ろうよ。

三人で顔を合わせた回数がまだ片手で数えられるくらいの時に、突然、ユウが言い出した。

ユウと山がまったく結びつかなかった。そもそも、私にとっての山は、小学校の遠足で行ったミカン狩りのイメージしかない。

――アルプスとか。

続けて言われ、スイス旅行？　と飛躍したものの、長野県などの国内だとすぐに補足がついた。

――無理だよ。一八年間、スポーツとはまったく無縁の人生送ってるのに。

――私も自信ない。

サキと顔を見合わせ、頷いた。初めての共通点、と胸が弾んだ。同じ音大生なのだからそれが大きな共通点ではあるけれど、私たちの経歴はまるで違った。

田舎の平凡なサラリーマン家庭で、クラシックなど、コンサートどころか、ＣＤすら一枚も家になかった私と違い、サキは都会の、所謂《いわゆる》、音楽エリート一家の子だった。父親がバイオリニストで、母親が……、などと挙げていけば、兄と姉、と家庭内だけではおさまらず、従兄《いとこ》や祖父母、皆に立派な音楽家としての肩書があるらしい。と、同じ科の子から聞いた。

ただ、申し訳ないことに、その立派な音楽家の人たちの名前を私は誰一人知らない。もちろん、サキにそんなことを言えるわけもなく、ユウと二人でいる時に訊《き》いた。

――ユウもサキの家族のことを知っていて、伴奏者に名乗り出たの？

――まったく。個人の才能に親は関係ない。それに……。

伴奏者になってほしいと、サキの方からユウに依頼があったのだという。サキの伴奏者になりたいと申し出る子はたくさんいたらしい。だけどサキは自分で申し込んだ。

――なんだ、私たち、きれいな三角関係じゃん。

あんな台詞《せりふ》、よく笑いながら言えたものだ。

第二ベンチに到着した。雨の勢いは変わらない。

大丈夫？　と私が訊ね、平気、とサキが答えて、そのまま進むことにした。休憩を取らないのは、私たちだけではない。先の方にカラフルな雨合羽が見える。どこの誰かはまったく知らないけれど、思いは皆、同じなのではないか。

雨の中を無事登りきる。その先にある目的のために。今日の雨が止むことより、明日の晴れを祈って。

サキが平気なら、安心だ。とはいえ、いつも私がサキを気遣う立場にあるわけではない。

登山なんて、と躊躇する私たちにユウは言った。

――ユイの肺活量とサキの体幹はアスリート並みだよ。

確かに、サキは長年バレエをやってきたのではないかと思わせるような、しなやかさと芯の強さがバランスよく配合された動き方をしていた。

だけど、私の肺活量は、私の体内でこだましているだけだ。

そんなことよりも、登山など誰に教えてもらうというのだろう。部活動や同好会がうちの大学にあっただろうか。それとも、スポーツクラブにそういうコースでもあるのだろうか。サキも同じ疑問を持っていた。

登山に関しては、サキと私の立場は同等で、そのうえ、意見も同じ。即座に断る案件を、一蹴しなかった理由は、私にとってはそこにあった。

――案内は俺がするよ。

私たちはユウも初心者だと思っていた。大学生になり、何か新しいことに挑戦したい中で、登山を思いついた。自然のオーラやインスピレーションを得るために。だけど、まったく違っていた。

――登山は中学生の時、じいちゃんに教えてもらった。二人で日本百名山を制覇して、地元の新聞に載ったことがあるから、嘘じゃない。

何故か、白いひげの生えたおじいさんが頭の中に浮かんだ。しかし、それよりも目に映るものにとまどう。登山をするのは、筋骨隆々の男性だと思っていた。背が高くて、日に焼けていて、いかにも屈強そうな人。

ユウはそのイメージのどれにも当てはまらない。ユウの白く細い足で登れたなら、私でも行けるのではないか。サキだって、もちろん。

試しに一度、登ってみることにした。

富士見《ふじみ》ベンチに到着した。サキが足を止め、開けた方に体を向けた。

「富士見というくらいだから、晴れていたら、富士山が見えたんだろうね」

同じ方を向かなくても、何も見えないことはわかるのに、私も体の向きを変えた。富士山といった、遠くにあるものが見える見えないの問題ではない。数メートル先の地面が途切れた場所の向こうが、谷なのか、斜面なのか、まったくわからない。

見えるのは、白い霧と太い線を描く雨だけ。

「見えたところで、あー富士山だ、くらいだよ。富士山をありがたがるのは、富士山しか山の名前を知らない人たちだけじゃん」

サキがフッと笑った。貴重な笑顔が何を意味しているのかわかる。

たった一度、登ったくらいでえらそうに。

「行こう」

だから、えらそうな笑顔で自信満々に言った。雨に負けないように。

こんな大雨の中を歩く方法をユウから教わっていない。技術ではなく、気の持ちようを。この歌を、あのメロディーを、思い浮かべればいいんだよ、と。

富士山登山は快晴だった。

最初で最後になるかもしれないから、富士山がいい。そう言ったのは私だ。他の山を知らないから、とサキが同意し、行きたいところに行くのが一番だ、とユウは了承してくれた。

貴重な一回を。

天に近付くにつれ、体が軽くなる。何の童話を思い出して、そんな幻想を抱いていたのか。

階段を上がる度、標高が上がる度、余計な記念品として、一つずつ鉄の足かせをはめられていくように、足が重くなった。足かせをつける部分がなくなったら、今度は、腰や背中に石を括《くく》りつけられていくような。

それでも、息があがりきることはなく、前後左右の人たちの酸素まで奪うかのように深く呼吸しながら、頂上に辿り着くことができた。

サキは途中から、ユウが用意していた携帯酸素ボンベを使っていた。体はどこも痛くないけど、とにかく息苦しい、と。それでも、頂を踏んだ。

――水がおいしい。

世界中のどんなに美しい場所の天然水よりも、サキが今飲んでいる水が一番おいしいのではないか。私も同じ水を買ったのに、こんな顔にはなっていないはずだ。サキの方が、舌が肥えているはずなのに。地上じゃ、何を食べても、おいしいと言わないどころか、表情がほころぶこともなかったのに。サキは、おにぎりがおいしい、とも続けた。

私は体内に入るものへの感動よりも、心地よい風に吹かれながら、空に向かって伸びをすると、道中の記念品がすべて外れていく感覚に快感を覚えた。

都会に出て、ビルを見上げる。自分よりも、才能ある人たち、裕福な人たちを見上げる。田舎だって、空と自分の間にはいろいろなものがあった。

だけど、自分の上はすぐ空。すると、脳内でミシッと音がした。ヤッホー、と叫んでみた。声は、頭のひび割れたところから、天に向かって昇っていった。

合戦小屋に到着した。先に出発した人たちが、休憩している。私たちもザックを下ろして、屋根のある席に向かい合って座った。

「すいかが食べたいけど、どうしよう」

合戦小屋の名物だ。ユウがいた時は、コース上の見どころや、小屋の名物を調べることはなかった。多分、三大急登ということも。だけど、今回はいない。

初めて登山雑誌を買ってみると、思いのほか、楽しい情報が満載だった。特に、食べ物系。ここのすいかはとにかく甘い、と書いてある。

「食べればいいじゃない」

サキ自身は興味がなさそうだ。他の客が注文したホットコーヒーのカップの受け皿にチョコレートが添えられているのを見つけ、目を輝かせている。

「八分の一サイズ、いけるかな」

晴れていれば最高のデザートになったはずだ。でも、今日は雨が降っているだけでなく、気温も低い。歩くのをやめた途端、それを強く感じる。体を冷やし過ぎるのは、抵抗がある。だけど……。雨だからご褒美なし、というのは、運が悪いことのダブルパンチだ。

「半分こする?」

さらりと言われ、ジンとくる。

「じゃあ、買ってくる」

張り切って注文カウンターに行き、真っ赤なすいかがのった大きなお皿を両手で持って、席に戻った。座って、気付く。半分にカットしてもらえばよかった。混んでいないから、それくらい迷惑にならなかったはずなのに。ナイフは持っていない。そういう道具はユウにまかせていたことも、改めて思い出す。

立ちあがった。

「どうしたの?」

「カットしてもらおうかな」

そこに次の団体が到着した。

「いいじゃない。お互い、端から食べていこう」

サキはザックからスプーンを取り出した。これなら、私も持っている。

向かい合い、互いに右端の赤い実をすくった。

「甘い！」

二人の声が重なる。続けて、三口食べた。サキがうっとりした表情で、スプーンを持っていない方の手で片頬を押さえている。

「すいかがこんなにおいしいなんて。ホテルの朝食で食べたのとは大違い。今度から、好きな食べ物を訊かれたら、すいかって答えよう」

「ドイツにもすいか、ある？」

サキは卒業を待たず、この秋からドイツ留学することが決まっている。

「こんなにおいしいのは、ないかもしれない。だけど、好きな食べ物がしょっちゅう食べるものじゃないといけないって決まりはないでしょう。人生で一度しか食べたことがないものを答えたっていい。だから、現時点ではすいか」

ああ、それなら、私もだ。目をキュッと細めて笑ってみせる。

「でもね、サキ。すぐに更新されるかもしれないよ。それくらい、表銀座《おもてぎんざ》には、各山小屋においしいものが溢れているんだから」

ユウが焼いてくれるフレンチトーストがなくても大丈夫。

互いのひとさじは徐々に大きくなりながら、中心へと進んでいく。私が掘ったすぐ横にサキのスプーンがささる。その赤い実を口に運ぶ。したたる果汁を指先でぬぐう。サキの好きな食べ物が更新されても、私はすいかと言い続けよう。

小屋を出た。心なしか、雨が小降りになり、明るくなったような気がする。道もぬかるんではいるものの、ざぶざぶと泥水が流れているようなところは見られない。遠くの景色は相変わらず白い靄《もや》に覆われているけれど、近くの景色は見えるようになった。

ゆるやかな花畑が続いている。

「あれ」

ザックを背負い上を見たサキが指をさす。荷物を引き上げる滑車が見える。

「乗せてほしいよね」

すいかになった気分で言ってみる。登山雑誌を買って、思いのほか、ゴンドラで高度をかせぐことができる山が多いことを知った。富士山以降、行先はユウにまかせていた。彼はそういうところをあえて選ばなかったのか。それとも、彼が私たちを案内したいと思った山にたまたまそういうものがなかったのか。

確認することもできない。

「あのバカに引っ張ってもらわなきゃ」

笑いながら言い、すぐに後悔する。サキが困ったような顔でうつむいたから。

「でも、ここからは花の道。合戦尾根を制覇できたってことかな。じゃあ、もうゆるゆる歩けばいいだけじゃない。行こう」

ストックを持った片手でガッツポーズを作ってみせると、今度はサキの笑顔を見ることができた。

ユウは花の名前もよく知っていた。とはいえ、自分から足を止めて、花の説明をすることはなかった。道がゆるやかになっても、三人でおしゃべりをしながら登ることはほとんどない。山で何を感じるかは、個人の自由だ。だけど、質問したことには何でも丁寧に答えてくれた。

山のことなら何でも。でも、ユウ自身のことは何も。それは、サキも同じで、山を下りると、仲間というよりは、知り合い程度の付き合いになってしまう。それでもまだ、ユウは伴奏者だったため、音楽の話はよくした。

それをサキがうらやましがっているとは思わなかった。

三人でいる時、ユウの視線の先には常にサキがいたのだから。

私たちが登った山……、仙丈ヶ岳《せんじょうがたけ》、甲斐駒ヶ岳《かいこまがたけ》、蓼科山《たてしなやま》、蝶ヶ岳から常念岳《じょうねんだけ》、焼岳《やけだけ》、涸沢《からさわ》から奥穂高岳《おくほたかだけ》、前穂高岳、岳沢《だけさわ》へ。雪の硫黄岳《いおうだけ》。

山へ行くごとに、頭の蓋は開いていった。声が外へ、高く、遠くへ飛んでいく。私の思いを乗せて。

だけど、地上へ戻ると、再び蓋は固く開きにくくなっていく。愛する人に思いを伝えられないどころか、隠さなければならない私に、愛の歌がうたえるはずがない。

そんな時には、山を思い出す。川の字で横になっていたはずなのに、気が付くと、川に浮かぶ三本丸太のいかだのように身を寄せ合って、眠りの海に漂っていたこと。あの体温、あの心音。カップ一杯のコーヒーを三人で回し飲みする時の温度の変化。唇が吸い取る温度の分だけ、コーヒーは冷める。いや、唇が温まる。

狭い頂で三人で円陣を組むようにして抱き合った、それぞれの手のひらの感触。

体温を思い出せ。

自分を受け入れてくれる仲間がいるという自信が、声をより遠くまで届けてくれる。

小屋が見えてきた。今日の宿泊地、燕山荘《えんざんそう》だ。

雨脚がまた強くなってきた。

本来なら、小屋に荷物を置いて、燕岳山頂まで往復する予定だったけれど、今行ったところで、北アルプスの雄大な景色どころか、足元に広がっているはずのコマクサの群落も見えるかどうかわからない。

小屋でゆっくり休ませてもらうことにした。こんなにびしょ濡れになって小屋に到着したのは初めてだ。きれいに磨かれた床に上がるのが申し訳なく、合羽を脱ぐと乾燥室までダッシュした。

部屋で服を着替え、それらもまた干しに行く。

そうして、ようやく昼食用のカップラーメンと熱湯の入った水筒を持って、サキと二人で食堂に向かった。

「ラストカップラーメンになるんじゃない？」

「何でも最後にしないで」

サキが微笑《ほほえ》んでも、私には次を予感することができない。ドイツにあるかどうかではない。

インスタントラーメンを常食する世界に戻ってくるかどうかだ。

富士山の次に行った仙丈ヶ岳で、ユウはサッポロ一番塩らーめんを作ってくれた。ちゃんと卵までおとして。じいちゃんの得意料理だと言って。私の家では土曜日の昼の定番メニューだった。もちろん、卵入り。ちなみに日曜日はみそラーメンで、こちらはキャベツとソーセージが入っていた。ユウのじいちゃんはみそにはもやしを入れていたらしい。

調理中のそんな話にサキはまったく入ってこなかった。もしや、という予感はあった。しかし、それは都市伝説のようなものだと思っていた。

お嬢様はインスタントラーメンを食べたことがない。それを直接訊くことはできず、サキは何味が好き？　と訊いてみた。こんなの、遠回しでも何でもない。

案の定、食べたことがないと言われた。ラーメンはあるけど、インスタントは、と。

他にもおにぎりやパンがあったので、一つのコッヘルからフォークだけ自分のものを使った回し食いだ。当然、サキから。

一口、小さくすする。切れ長の目がパッと二倍に開いた。そして、輝く。

——一週間ぶりに食事にありついたみたいな顔だな。

ユウが笑うと、サキは恥ずかしそうにうつむいた。

——全部、食っていいぞ。なあ、ユイ。

私は大きく頷いた。心からの贈り物を届けたい、といった面持ちで。

——気持ちは嬉しいけど、それじゃあ三口で飽きてしまう。

そう言って、サキは私にコッヘルを回してくれた。土曜の昼より一〇〇倍おいしい。そして、ユウに回す。そうやって、スープの最後の一滴まで飲み干した。

カップラーメンは各自で食べる。種類が違うから、一口交換する？　と訊けば、サキは喜んで応じてくれるはずだ。だけど、言わない。すいかは二人で分け合えたのに。

きっと、すいかにユウの思い出がなかったからだ。

冷えた体にラーメンはあっという間に取り込まれ、スープも飲み干し、昼食が終わった。バスでよく眠れなかったので、昼寝もありだ。だけど、そんなことに貴重な時間を使っていいのだろうか。

そうだ、ここでは……。食堂内を見回すと、案内板が見つかった。

「ケーキセット、食べる余裕ある？」

「山小屋に、カフェみたいなメニューがあるの？」

サキはイエス、ノーをはっきり言わない。だけど、その言葉がイエスを指すか、ノーを指すかは、その表情から、山でのみ理解できる。これは、イエスだ。

ブルーベリーレアチーズケーキとホットコーヒーのセットを、窓際の席に運んだ。

一口食べて、サキの顔がほころぶ。こんな内装のカフェなら、大学周辺にもある。同じようなケーキを食べることもできる。だけど、サキはこんな表情にはならないはずだ。それでも、いつもよりは、ぎこちない。

やはり、ユウがいないから。

でも、それはサキのせいのはずだ。

「ねえ……、ユウと最後に会った日のこと訊いていい？」

サキがフォークを置いて、私と視線を合わせた。この話になるのは、ゆっくりと稜線上を歩く明日になると思っていたのに、不意打ちだ。しかも、質問するのは私の方からだと、疑いもしていなかった。

最後に会ったのは、ひと月前、六月最後の日曜日だ。

「老人ホームに二人で行ったの」

初めは、教職課程の音楽療法の授業で、受講者それぞれが、大学と契約している施設を実習として訪問し、歌を披露したり、入居者に歌の指導をしたりした。その後、私のことを気に入ってくれた施設から、個別で依頼が入り、大学側に確認したところ、問題ないということだったので、受けることになった。バイト代ももらえる。

お年寄りが好きだというユウも、一緒に行きたいと言い出し、ピアノの伴奏をしてもらうことになった。当然、ユウは受けがよく、二回目以降はセットでお声がかかり、私たちはユニット名まで考えた。「YZ《ワイズ》」。人気バンドのパクリみたいだ。

サキも誘ったけれど、そういうのは苦手だと断られた。サキが目指す舞台は違うことも知っていた。

「今回は職員の人から昭和のムード歌謡を依頼されたんだ。入居者の人たちから、ダンスをしたいってリクエストがあったから、って」

「歌謡曲でダンスをするの?」

「私もピンとこなかったけど、とりあえずムード歌謡と呼ばれる曲を練習しておけばいいかなと思って。石原裕次郎とか、テレサ・テンとか」

サキもピンときていなそうだ。そもそも、社交ダンスを思い浮かべているはずだ。

「多目的室という名のお遊戯室みたいなところに行くと、壁際に椅子を並べてあって、おじいさん、おばあさんたちがそこに座っているんだけど、みんな、いつもより、ちょっとおめかししているの。タキシードやドレスじゃないけどね。で、ユウが前奏を弾き始めると、座ってた人たちが中央に出てきて……、二人一組になって、抱き合って、歌に合わせてゆらゆら揺れ始めるの。サビの部分で、くるくる回り出したり。決まった振付とかないんだけど、なんかみんなリズムに乗っていて、楽しそうだった」

「ペアになるのは、ご夫婦で？」

「ううん。最初は夫婦でだったかもしれないけど、曲が変わるとメンバーチェンジしていたし、一人で入居している人も多いし。曲の終盤に目が合った人と、自然に次の曲を踊るって感じかな」

サキは何か考え込んでいるような表情だ。素敵ね、という言葉を少し期待していたのに。私の伝え方が悪かったのだろうか。私は歌いながら、感動していた。夫婦でもない、おそらく、恋愛感情もない人たちが、歌とダンスを楽しむという目的の中で、体を合わせ、見つめ合い、音に身を委ねている。

強制参加ではない。踊りたい曲の時だけ中央に出て行く。疲れたら、席に戻る。女性の入居者が多いということもあり、女性同士で踊る人たちもいた。指を絡めて両手を握り合い、離れたり、近付いたり。頬が触れれば微笑み合う。

いやらしいとか、気持ち悪い、と思う人などどこにもいない。

ああ、山だけではなかったのだと、涙がこぼれそうになった。しかも、こちらが自分の主戦場でもある。

「でね、何曲か歌うと、リクエストタイムになるの」

知らない曲でも、スマホで動画を一度見れば、ユウは演奏できたし、私も歌詞を見ながら歌うことができる。

「そんな中で、小林旭の『熱き心に』を歌ってくれって言われた時は、とまどった。『昔の名前で出ています』はダンス向きだけど、これはどうなのって」

私はサキのために、「熱き心に」をワンフレーズ歌って聴かせた。

「確かに……」

「でしょう? 歌い始めて少しも経たないうちに、踊りにくいな、って動きを止めた人もいて。そうしたらね、リクエストした人が申し訳なさそうに、もういいよ、って。どうしようかとユウを見たら、少し笑いながら首を横に振って、しっとりした曲調にアレンジし始めたから、私もそれに合わせて歌った」

「ユウらしい」

山と地上、どっちの? とは訊かない。ユウはどちらも同じだったから。

「終わった後、みんなが、かっこいいダンスができたって。リクエストした人も嬉しそうだったし、何より、踊りにくいって言った人の言葉がしみた」

「何て?」

「踊りやすい曲じゃなくて、好きな曲をリクエストすればいいんだな。自分で選別しなくても、音楽のプロが最善の形にアレンジしてくれるんだから、って」

音楽のプロとして、好きな曲を委ねてもらえる。大切なものを預けられるという信頼、とは大袈裟すぎるか。

「その後は？」

「アレンジが難しい曲もあったけど、無事、どれも成功。笑顔で見送られて、ユウと居酒屋で打ち上げして、解散」

「それだけ？　居酒屋ではどんな話をしたの？」

「他の施設にも売り込んでみようか、とか。あの日が最後になるなんて、どこを切り取っても予想できないような話ばかり。いや……、最後とは思ってないからね」

サキは唇を固く結び、力強く頷いた。

「そうだ、『熱き心に』、ムード歌謡バージョン聴く？」

フォークを置いて立ちあがり、サビの部分から歌い始めた。

ユウはいつから、あの決意をしていたのだろう……。

と、背後から拍手の音が聞こえた。親と同年齢くらいの夫婦が食堂に入ってきたところだった。二人で色違いのダウンジャケットを着ている。

「もう、あなたが手を叩くから、邪魔しちゃったじゃない」

奥さんが旦那さんを肘でつついている。

「いや、あまりにも上手いからさ、つい」

そんな二人の会話に、一気に血液が上昇し、顔に集まる。失礼しました、と頭をかいて座った。人前で歌うことは恥ずかしくない。だけど、山で歌うのは気が引ける。特に、他の登山者がいる時には。

私の声が、神聖な山の空気を穢《けが》してしまう。そんな気がして。

——思い切り、歌えばいいじゃん。ユイの声で不快になる人なんていないし、山の神様も喜んでくれるよ。

——ううん、ダメ。快晴の空に一気に雷雲が湧いてきちゃう。

ユウとそんな話をしたのは、常念岳でだったか。

次第に登山客が増えていき、サキと一緒に部屋に戻って昼寝をすることにした。

夕飯時の食堂は満席で、この雨の中、こんなにも多くの人がここを目指してやってきたことに驚いた。しかも、ほとんどの人が穏やかに微笑み、おいしそうにごはんを頬張っている。大《お》天井岳《てんしょうだけ》側から来た人もいるだろうけど、少なくとも半数は、あの合戦尾根を登ってきたはずなのに。

食後には、オーナーによるアルペンホルンの演奏もあった。小屋で音楽を聴くのも初めてだ。音に身を委ねていると、今日、歩いてきた道を思い出す。足元の濁流ばかりが目に映っていたと思っていたのに、そういえば、花がたくさん咲いていたなあ、と高山植物の姿が頭に浮かび、こういうのも、そっと頭の中の引き出しに入れていたのだな、と安らいだ気分になる。

幸せな記憶を呼び覚ます音、音楽。たとえば、私たち三人で、山小屋を経営したら、ずっと仲良く暮らすことができるだろうか。いや、無理だ。やっと見つけた逃避場に、日常生活を持ちこんでしまったら、もうどこにも逃げられなくなってしまう。

サキにアルペンホルンの感想は訊かない。体全体でその音を吸収し、音が彼女の音楽の血肉となっているのを感じるから。

自宅アパートのものよりも柔らかい掛布団にくるまれて目を閉じると、子守唄のようにアルペンホルンの音が頭の中に静かに流れた。

## 二日目

明け方、強い雨音で目を覚ました。今日から晴れるんじゃなかったのか。再び目を閉じて、雨ではなく、数十センチ先から聞こえる、規則正しいサキの寝息に耳を澄ませた。温かい体温まで伝わってきそうな距離。いや、温かいと感じるのは、私の血流が速くなっているからか。雨音が寝息をかき消し、頭の中には合戦尾根の濁流が広がった。

山においては朝寝坊と言える午前七時に起床した。燕岳山頂への往復が今日にずれ込んだとはいえ、目的地は大天井岳なので、それほど急ぐ必要はない。

寝坊なのは、私たちだけではなかった。食事を終えて小屋をチェックアウトした人たちが、軽く列をなして、山頂へ向かう形となっている。

雨は上がり、うっすらとガスがかかっている。

進行方向左手の、谷間に続く斜面には、コマクサが堂々と鎮座し、赤紫の美しい花を咲かせている。

下向きのハート形がドンと中央を占めるこの花が、高山植物の女王と呼ばれるのも納得だ。『不思議の国のアリス』に出てくる、トランプの女王のように見える。

前方に見える小高い岩の表面は、白い花崗岩をベースに、グレーの濃淡がランダムに広がるグラデーションが美しい。神秘的な気配が漂っているように感じるのは、まだ邪悪なものが目を覚ましていない朝だからか、うっすらと流れる白いガスのせいか。

なめらかな曲線で鋭角を描く岩が、天を向いて重なり合う姿は、恐竜の化石のようにも見えるし、その奥に聳《そび》える山頂は、妖精が住んでいた館の廃墟のようにも見える。

廃墟？　眠っているだけだ。やがて、妖精たちが起き出して、岩陰からその姿を覗かせる。その中に……、ユウの姿があっても夢だとは思わない。

ユウはどんな山道も軽々と飛び跳ねるように登っていた。

白いひらひらとした服を身にまとい、背中に透明な羽を生やしたユウは、いたずらがバレてしまった子どものように微笑みながらこう言う。

これが俺の正体。ようこそ我が家へ。

実家に帰るなら、ひと言連絡しなさいよ。私はそう言って、若干、本気で怒るだろう。サキはその横で、静かにユウを見つめてつぶやくはずだ。無事でよかった、と。

だけど、頂上に着いても、妖精は一人も姿を現さなかった。

「この時間に山頂に着いたのは、初めてじゃない？」

ひんやりとした岩肌に手を這わせながら、サキが言った。

「確かに」

音楽の分野で多少培われた基礎体力があるとはいえ、所詮、私たちは文系人間だ。自分ではすいすい歩いているように思えても、鍛えられた登山者からすれば、若いくせにえっちらおっちら、どうにかこうにか進んでいるように見えているかもしれない。

だから、山頂に到着する時間は遅い。特に、その日の宿泊が山頂直下の山小屋の場合、だいたい四時頃、夏山では夕暮れ時と呼ばれる時間にその頂を踏む。

暗くなる前に着けてよかった。そんな安堵とともに、目の前の景色を眺め、のんびり休む間もないまま、小屋へと向かう。だから、頂上で何かをしたという経験がない。もちろん、写真は撮る。バンザイもしてみる。私の場合は、ヤッホー、とも言ってみる。それくらいだ。一分もかからないこと。

コーヒーを淹《い》れるどころか、買ってきたおにぎりを食べることもなかった。

「生命の誕生を感じる。すべての命はこの頂から吐き出されているような」

サキが言った。その生命の源を体内に取り込むように、深呼吸している。私も倣った。

さあ、歩き出そう。ここが表銀座の出発点だ。

燕山荘でザックを背負った。小屋も山頂も賑わっていたのに、同じ方へ向かう人は少ない。合戦尾根を往復する人が大半だったようだ。

雲が高く上がり、青空が広がっていく。それにしても、この解放感はなんだろう。山の頂と頂を結ぶ稜線は他でも歩いたことがある。その都度、厳しい登りはここを歩くためにあるのだと、富士山の頂上でも感じた、足かせが一つずつ外れていく感覚を味わった。

だけど、さらに大きな解放感。昨日との天気の落差によるものなのか。いや、単純に、広さだ。自分の視覚はこれほどの空間を捉えることができたのか、と思い知らされるような高さ、幅、奥行き。連なる山に終わりがない。

今度はここを歩いてみなよ。近くの山も遠くの山も、陽気に声をかけてくれる。

これが、最後の登山にはならないのではないか。歩き始めてまだ一時間も経っていないのに、抱えきれないほどの招待状を受け取っている。

道幅は広く、なだらかで、眼下に広がる斜面には、これほどまで、と目を見張るほどのコマクサの群落。

サキが足を止めて、しゃがみこんだ。目を閉じている。

「どうしたの？　具合でも……」

シッ、とサキの立てた人差し指が私の唇に当てられる。

「コマクサの心音が聞こえる。心臓に真っ赤な血が流れる、ドクドクという音が。情熱のメロディーを奏でてる」

その心音に私の鼓動が混ざらないように、息を止めた。サキは再び目を閉じて、そのメロディーに耳を傾け、充分感じ取ったというように深く頷いてから、立ちあがった。

「おまたせ」

女王の笑顔だ。

「動物に命があるのはわかる」

歩きながら、サキが口を開いた。めずらしい。でも、わかる。何かを語りたくさせるような、広い空、心地よい風、目を洗う緑……。私はただ一度、頷いた。

「鳥にも、昆虫にも、爬虫類にも。だけど、植物に命と言われても理解できなかった。食事の時に、命をいただくと言われても、肉や魚に対してはそう思えるけど、野菜に命があるなんて、残さずに食べさせる方便じゃないかな、なんて。それでも、食べる側がそれで健康に生きられるんだから、そういう意味では命があって、それを分けてもらってるっていうことなのかな。これが、私の想像力の限界。しかも、ものすごく努力してからの。なのに、コンクールの選評なんかで、私の奏でる音は無機質だって言われると、腹が立った。意味もわからなかった。一番酷いのなんて、生命に対する感謝やリスペクトがない」

サキと出会った日に、伴奏者募集サイトに登録されているサキのプロフィールを確認した。そりゃあ、私のカラオケ大会はバカにされて当然だ、というくらい、私でも知っているコンクールの名前が連なっていた。だけど、そこに優勝といった、第一席を表す記述はどこにも見当たらなかった。

「じゃあ、私より上位になった人の演奏にはそれがあるの？　その人たちの演奏の録音を何度も聴いたけど、野菜よりも命を感じなかった。なんだか、頭の悪そうなたとえね。こういうのが表現力の乏しさに繋がってるって今ならわかるんだけど。私がリスペクトするのは、確かな技術力に基づいた演奏だけ。技術力が追いつかないことによるブレを表現力だとか個性と言いかえる人なんて、うんざり。高い技術力を持った伴奏者を探そう。そう思って、学内サイトに登録されてる音源を聴いていたら、目の前に灯りがともったような、音に出会った」

「ユウの？」

「そう。もちろん、これが生命だ、なんて電流が走ったわけじゃない。なんだろうこれは、というくらい。花がきれいだっていうことはわかる。でも、いつでもそこにあるものに対して、きれい、と感じることはなかった。ましてや、生命なんて。食べられないのに。感謝？　リスペクト？　花が私に何をしてくれるっていうの？　なんて。それが、今では花に心音を感じる。花だけじゃない。樹も草も、石も土も。その生命を私みたいな人間にも分けてくれる」

それを音に乗せ、音楽家を目指す多くの学生が憧れる、狭き門として有名なドイツの学校に、特待生として招聘《しょうへい》されることになった。

「ユウのおかげ」

サキは足を止めて、ザックから水筒を取り出した。私も水を飲んだ。

「ごめんね。こんなすばらしいところで、ユイの邪魔をしてしまって」

「ううん。私には、コマクサの心音までは聞こえなかったから。ここから、耳を澄ませてみる」

そう言うと、サキは照れくさそうに微笑んで、体を大きく伸ばし、空を見上げた。今度は何の音が聞こえてくるのだろう。

足取りは、バレリーナのように軽やかだ。

コマクサの心音なんて聞こえない。

ユウのおかげ。その言葉を、ユウには伝えなかったのだろうか。花の生命は感じ取れるのに、ユウの心の声は聴き取れなかったのだろうか。

ユウは間違えたのだ。思いを伝える場所を。地上ではなく、山で打ち明けていたら、今ここを一緒に歩いていたかもしれない。そして、私はいなかったかもしれない。

ああ、山で告白するんじゃダメなんだ。ユウは山での関係を、地上においても求めていたのだから。

命を預け合う結びつきを。だけど、山と地上では、その結びつきに伴う行為は変わってくる。

ユウと会った最後の日、ムード歌謡について話して、解散したわけじゃない。

——人目のないところで、二人でゆっくり話せないかな。多分、長くなると思う。

ユウに言われ、私たちはラブホに入った。

そこに行こうとどちらかが提案したわけではない。居酒屋から駅に向かう帰り道でユウがそう言った時、視界の端にその看板があっただけだ。ユウはその看板を見つけて、言い出したのかもしれないとも考えた。

私を試すために。

だけど、ユウは私のことなどとっくに気付いていて、そのうえで、自分の気持ちを吐露してくれたのだ。

——サキを抱きたい。

好きだと告白するとか、愛している気持ちを伝えたいとかじゃない。

——それを、彼女に伝える。

――うん、わかった。

シーツの乱れのない部屋を二人一緒に後にして、駅に向かい、それぞれが始発電車に乗るために、ホームに向かい合って立った。先に電車に乗ったのは私の方で、ユウは小さく片手を上げて見送ってくれた。

下山後にそれぞれの家に帰る時と同じ顔で。それが本当に最後……、とは思いたくない。

谷間の向こう、右手に見える稜線は裏銀座。両手を広げてくるくると回りながら駆けられそうな緑色のなだらかな斜面は、『サウンド・オブ・ミュージック』の世界のように見える。ユウがいたら、次はあそこにしようか、と言ってくれたかもしれない。

あそこでなら、頭全開で歌えるんじゃない？　と。

その先に、槍ヶ岳。こんなにいい天気なのに、穂先には雲がかかっている。安易に全容を見せてくれるような山ではない、ということか。

道はほぼまっすぐだ。時々、大きな岩が現れ、左右どちらかに軽く迂回するだけ。なのに、大きな違いがあることに気付く。温度計など持っていない。肌で感じるだけ。それなのに、あきらかに温度差があることがわかる。

進行方向、右手は寒い。左手は暑い。太陽は左側のほぼ真上。だから、そちらが暑くて当然だけど、一メートルも離れていないところで、こんなに暑さが違う場所を、私は他に知らない。夏の日差しの強い日に、日陰に入ると涼しくなる。その程度の差ではない。

よく見ると、植物の背の高さもまるで違う。右手には、樹でさえも膝丈以上のものが見当たらないのに、左手には私の背丈ほどの長さの茎を持つ花が咲いている。

大きな岩場を回り込む。

広い一本道、視界を遮るものはない。目の前には空気の境界線ができていた。右からの空気、左からの空気、ぶつかりあう線は直線ではない。ぐにゃりとした曲線。それを視覚で捉えることができるのは、左側の空気中にのみ、小さな羽虫が銀色のラメをまき散らしたように無数に飛び交っているからだ。

あちらとこちらを隔てる境界線。一本道を同じ方向に並んで歩いているのに、互いに混じり合うことのない世界。サキと私の世界……。

「こっちは、あつあつ～」

大きな声を出してみた。えっ、とサキが足を止めて振り返った。

「そうよね。私も気付いてた。こんなことってある？」

向かい合ったサキが一歩左（私から見ると右）に大きく足を出し、体をゆっくり移動させる。

「ひんやり」

今度は逆向きに一歩。

「あつい。あつあつ？」

もう一度、逆向きに一歩。

「ひえひえ？」

反復横跳びのように左右に移動する様子がおかしくて、私もマネした。あちらにも、こちらにも、簡単に行けるじゃないか。

再び、進行方向を向き、二人で「あつあつ」と「ひえひえ」を繰り返しながら歩いた。

そんなゾーンも終わり、こぶし大ほどの石が敷き詰められた道を、じゃりじゃりと音をたてながら歩いていくうちに、大天荘《だいてんそう》へと到着した。

午後一時前。今日はここに泊まる。昼食に、山小屋名物のカレーを食べながら地図を開くと、明日のコースがかなり長いことに気付いた。今日中に西岳《にしだけ》まで行った方がよかったんじゃないか。時間にも、体力にも、余裕がある。

だけど、これはユウが決めたコースだ。

大学生活最後、もしかすると、三人での登山は人生最後。それにふさわしいところがある。ユウがそう言ったのだから、こちらは信じて従うのみだ。

たとえ、計画した本人が不在でも。彼が見せたかったものは、そこにあるはずだから。

大天井岳の頂上は、小屋から徒歩一〇分ほどのところにある。ほぼ平らなガレ場を歩くだけだ。山頂でコーヒーを飲みたい。でも、リクエストに応えてくれるユウはいない。あきらめよう、と思ったら、小屋で紙コップ入りのドリップコーヒーが売っているのを見つけた。

サキは、今は体が熱いものを欲していないから、と水を補充した水筒だけ持って、先に出て行った。

温かい紙コップを両手で包むように持ってそろりそろりと進んでいくと、サキが立ち止まっているのが見えた。私を待ってくれている、のではなさそうだ。やってきた方向、燕岳側の谷間を覗き込んでいる。

追いついた。

「丸い虹の中に私の影が映っていたの」

「それって、確か、ブロッケン現象だよ。山の雑誌に載っていた」

私も急いで下を覗き込んだ。でも、虹のかけらすら残っていない。

「また後で見えるかも」

サキは気遣ってくれるけど、それはないだろう。同じコースを歩いていても、見ることができる人とできない人がいる。もうそれは、そういう星の下、くらいに開き直るしかない。二人で山頂にてくてくと向かった。

「虹の中にいたんでしょう？　これは、近い将来の成功の暗示みたいなもんじゃない。ドイツに行って、たくさんの人から賞賛を受けるバイオリニストになれるってことだよ」

皮肉ではない。私には喝采を受けるサキの姿を想像することができる。

山頂に着き、手近な石に腰を下ろした。砂糖とミルクを入れたぬるいコーヒーは、脳にじんわり沁み渡り、心を穏やかにしてくれる。

「採用試験、受けなかったって聞いたんだけど」

「おしゃべりな子がいるなあ。何か口実を見つけて、サキと話したかったんだろうね。やっぱり、歌手になりたいなって。地元で試験を受けるために、実家には戻ったんだよ」

私に決意を促したのは、老人ホームでの出来事だったのか、その後のラブホでの出来事だったのか。

「試験前日の晩に、親に土下座をして、あと三年の猶予をもらった。定期的に歌わせてくれるライブハウスもあるし、音楽療法で声をかけてくれる施設もある。まあ、バイトは必要だけど。でね、今、この秋始まるテレビのオーディション番組に動画を送って、最終審査の返事待ちなの」

ミュージカル『レ・ミゼラブル』のナンバー、「夢やぶれて」を歌った。

「すごいじゃない。絶対に受かると思う。番組出場じゃなくて、その番組内のオーディションに」

「私はブロッケン現象、見てないからなあ」

谷の方へ目を遣《や》る。虹ができるような雲まで消えている。サキの顔が曇る。

「うそうそ。もう、本選に着ていく服も買ってる」

これは本当だ。いつまでもこちらを向いているからいけないのだ。立ちあがって、くるりと一八〇度、回転した。

「槍ヶ岳が見える」

「本当だ。午前中は隠れていたのに」

サキも気付いていたのか。

「明日の今頃はあの頂上に立てているかな」

「立たなきゃ」

サキが力強く言った。

そのために来たのだから。

小屋に戻って、部屋で着替えなどをして休み、夕方再び外に出た。

槍ヶ岳に向かう表銀座と常念岳に向かうパノラマ銀座の分岐点にある大天荘は、北アルプスを三等分するように走る稜線上に建っている。西を向いて立つ。視界一面にオレンジ色に染まった空が広がっている。淡く浮かぶ雲も美しい。だけど、その美しい綿織物のような幕は、槍の頂上を隠している。

「きれいな夕焼けね」

背後から声が聞こえた。振り返ると、燕山荘の食堂で歌う私に拍手を送ってくれた夫婦が、二人並んで立っていた。

「お疲れ様です」

同じコースを歩いてきたはずだ。

「明日はあなたたちも槍ヶ岳まで？」

奥さんに訊かれた。

「はい」

「そりゃあ、お互い、正念場になるね。日の出と同時の出発になるから、今夜はゆっくり休もう。明日は、快晴だ」

旦那さんが言った。表銀座最大の難所、東鎌尾根《ひがしかまおね》をユウなしで行けるのか、不安はあるけれど、同じルートを歩く人がいれば心強い。

食堂は、明日、常念岳に向かうという団体客で賑わっていた。皆、祖父母世代の人たちで、笑顔がダンスをしていた人たちと重なった。

ここで一曲、ムード歌謡を披露したら、踊り出さないだろうか。なんて。

早く休むに越したことはない。でも、この小屋には昨日のケーキセットやアルペンホルンに比肩する、魅力的なものがあった。

日がすっかり暮れた後、サキと一緒に食堂に行った。数時間前の賑わいはない。室内を明るく照らしていた電気は消され、かわりに、ランプが灯されていた。

特製サングリアを二杯、チーズケーキを一皿にフォークを二本つけてもらい、大きなガラス窓に面したカウンターテーブルに、二人並んで腰掛けた。

眼下にポツポツと輝いているのは、街の灯りだ。ここは天上の異世界ではなく、日常生活を送る世界と地続きであることを感じることもできるし、闇の中に浮かぶ灯りは果たして本当に自分たちの知る世界のものなのかと、境界線をぼかして見せてくれているようにも受け取ることができる。

私は今、どちらを望んでいるのか。

もしも、ここに座っているのが男女のカップルで、あの灯りの中に戻りたくないと願うなら、二人は世間で……、日本の社会では許されない関係にあるのだろう。だけど、ここにいる間は、そんなことは気にしなくていい、二人だけの世界だ。この儚《はかな》い灯りの中でなら、キスしても、誰からも気付かれないかもしれない。いや、仮に、他の登山客がいてそんな二人を目にしても、奇異の目を向けることはないだろう。

ここではそうなるよなと、たとえば単独行の人なら、今度は自分の愛する人を連れてこようと、その人の顔を窓の向こうに思い浮かべるかもしれない。

フォークとフォークがぶつかる。すいかと同じように、私たちは一つのチーズケーキを端からつつき合っていた。互いにフォークを置いて、カップを口に運ぶ。

「サングリア、おいしい。初めて飲んだ」

サキがカップの中を覗き込みながら言う。

「私は時々飲むよ。炭酸が苦手だから、お酒を飲みたい時は安いワインを買ってきて、実家から送られてきたネーブルや八朔《はっさく》のコンポートを浮かべて飲むの」

「おいしそう」

「うん。おいしいよ」

帰ったら飲ませてあげる。喉元まで込み上げてきたその言葉を、柑橘《かんきつ》だけでなくベリーの味も染み出したサングリアと一緒に飲み込んだ。

今度は別の言葉が浮かんでくる。

アルコールの力を借りて、薄灯りの中、地上が見える天上界で、もし、胸を裂かれるような答えが返ってきても、夢だったと自分に言い聞かせられる、質問。

「ユウをどんな言葉で拒絶したの？」

知っていたのか、と言うように、サキの目が開き、そうだよね、と言うように、息を吐いた。

「私はユウを受け入れられない」

「そうか」

地上の私は、この展開を期待していなかったか。なのに、心臓から血が溢れ出している。コマクサが萎《しお》れていく。こんなに苦しいのは、ユウが私で私がユウだからかもしれない。

ユウなんて、初めから私の心が作り出した存在で、実在しないんじゃないか。

団体客の一員のような寝方ができる部屋に戻れることが、込み上げてくる涙を押し止めてくれた。

# 三日目

まだ暗いうちに起きて、荷物を持って外に出た。

荷造りは、昨夜のうちに済ませてある。が、薄手のナイロンジャケット越しの冷気に震え、ダウンジャケットを取り出して羽織った。寒いね、とサキに声をかける。彼女も上着に袖を通している。声を最小限に落としてはいるものの、それほど気を遣う必要ないのかも、と思えるのは、小屋前の稜線沿いに、すでに二〇人以上の登山客たちが、東側を向いて立っているからだ。小屋のスタッフの方の姿もある。

これから発声練習でもするのか。そんな並びの端に、二人で加えてもらい、空を見上げた。

濃紺の天幕のような空。上空には、まだいくつかの星が輝いている。しかし、幕の裾の辺りに視線を落とせば、パール色に輝く液体を吸い上げたような光が横向きに細長く広がっている。

パール色が徐々に広がっていく。同時に、幕の下には雲海が広がっていたことを知る。やがて、パール色の裾ごと幕が上がり、その隙間から、オレンジ色の球体が顔をわずかに覗かせた。その瞬間、海も天幕も、色を変える。虹の色の暖色だけを混ぜ合わせてできるさまざまな色が、海の波間を漂い、眼下まで迫ってくる。一番強いオレンジ色だけ、幕に吸い上げられていく。

温かい。球体はまだその姿の半分も見せていないというのに。

こんな一日の始まりがあるのだろうか。

スタッフの方が駆け足で小屋に行き、立派なカメラを持って戻ってきた。

今日の日の出は特別なのかもしれない。

太陽が全容を見せた。私も光を受け、景色の一部となる。そして……、振り返る。

槍ヶ岳も穂先までくっきりと姿を現し、黄金色に輝いていた。

さあ、ここまでやっておいで。

出発の準備をした。ダウンジャケットは片付ける。かじかむ手を守るため、手袋をはめた。

サキはいつでもはめている。ストックを伸ばし、靴ひもを締め、ザックを背負い、ベルトを調整する。風が強いため、帽子のひももきつめに締めた。帽子の上に装着した、ヘッドライトのスイッチを入れる。

今日は私が前を歩く。振り返ってサキを確認する。サキが頷いた。

さあ、出発だ。

まずは、大天井ヒュッテを目指す。西側の斜面を少し下っただけで、夜のような暗さに戻ってしまった。谷から吹き上げてくる風に、頬がしびれる。だけど、道としては歩きやすい。ヒュッテに着くと、今度は斜面を登る。

喜作新道と呼ばれる稜線上に出た頃には、風も和らぎ、ヘッドライトも必要ない明るさになっていた。少し開けた道端で、手袋を仕舞い、おにぎりを食べ終えた頃には、頭上に青空も広がっていた。そして……。

「サキ、見て」

右手に体を向けると、眼前に、槍の穂が見えた。雲はかかっていない。青い空を従えている。先に立っている人の姿も見えた。こんなに近くまで来たなんて。プロ野球選手なら、豪快に打ったホームランボールが届くのではないか。

視線をぐっと下ろせば、水面を青く輝かせる池のようなものが小さく見えた。

槍から目を離すのはもったいないけれど、左手にも目を向ける。常念岳、その向こうに見えているのは……。

「富士山」

サキが口にした。私たちの始まりの山まで見える。

「合戦尾根では強がってみたけど、やっぱり嬉しいね」

どんなに遠くにあっても。

前に進む。道幅や傾斜はそれほど変わらないものの、稜線の表情は徐々に変化していっている。

白っぽかった石や岩は徐々に、色合いを濃くし、茶色を帯びたものになっている。丸みを帯びたこぶし大のフォルムは、全体的に大きく、ゴツゴツしていて、角にぶつけると流血しそうな、直線的なものになっている。植物も、右手にあるものも背が高くなり、表皮が硬そうな幹から伸びる太い枝に、濃い緑の葉を茂らせている。

なるほど、燕岳が北アルプスの女王と呼ばれるわけだ。

私はあっちの方が好きだな。

女性的な雰囲気が素敵だから。山に対するこの表現に、異を唱える人はいないのだろうか。白く柔らかい曲線を描く山。これが女性的だと誰が決めた。私よりユウの方が似合うあの山を。だけど、女性的だという表現を使ったうえで、それを好きだと、男性が口にしようが女性が口にしようが、咎《とが》める人はいないはずだ。

人形が好き。ひらひらしたスカートが好き。かわいいリボンが好き。それが女性であることを示す物差しであるとすれば、私は完全に女だ。外見と内面の性は一致している。だけどなぜ、人形やスカート、リボンが似合う、自分が好きな要素をすべて備えた人を好きになることには、眉をひそめられるのか。

むしろ、人形が好きな人間が、車を好きな人間を好きになれる原理を教えてほしい。

燕岳が好き、と言うように、どうして、サキを好き、と言ってはいけないのだろう。

いや、誰からも否定はされていない。空気を感じて、遠ざけられることはあっても。それもまた、本能なのだろうから、私を拒絶した人を責めることはできない。

直接体を触れ合うことさえ求めなければ、私とサキは友人として、ずっと一緒にいられる。たとえ、離れて暮らすことになっても、その結びつきを辿って、連絡を取ることはできる。だから、絶対に知られてはいけない。

なのに、ユウは気付いていた。

西岳を通過し、ヒュッテ西岳に到着した。サキを一度も振り返らないまま。

「パウンドケーキが食べられるんだって」

表銀座はスイーツロードだ。

「バターの味が恋しかったところなの」

サキが微笑んだ。小屋でお湯を沸かして水筒に入れていたので、持参していたティーバッグで紅茶を淹れた。ヒュッテ西岳の外のテーブルを貸してもらう。

森を切り開いたような小高い場所に見えたのに、斜面側を遮るものは何もなく、眼前にはドンと槍の穂。ここからなら、私が打ったボールでも届きそうだ。

「特等席だね」

登頂者の姿を含めて、槍を独占している気分だ。うまく調整すれば、手のひらに乗せているように見える。前祝いのパーティーであるかのように、ケーキのとろける甘さを堪能した。

ああ、このままここで昼寝をしたい。お尻に根が生える前に、えいっ、と立ちあがった。小屋まで戻ると、あの夫婦がいた。すでに、ヘルメットを装着している。

「いよいよ東鎌尾根、お互い気を付けていこう」

旦那さんが言い、お先にね、と奥さんが片手を上げた。後ろ姿を見送って、私たちも準備を始める。ストックを折りたたみ、収納袋に仕舞う。帽子を脱ぐ。ザックを開け、ヘルメットを二つ取り出した。青い方をサキに渡し、ピンク色のを自分でかぶる。

「サキ、ストック」

「これくらいなら、入るから」

「いいの。大切なものを目的地に連れて行くことだけ考えて」

サキからストック袋を受け取った。脇のポケットに入れていた水筒もザックの中に入れる。

ここからは、ハシゴや鎖場が続くため、ザックの外側に余計なものはつけない。

準備完了だ。

「よし、行こう」

「ゆっくりでいいから」

サキが気遣ってくれる。単純な登りは私の方がガシガシ登ることができるけど、岩稜歩きはサキの方が得意だ。

さらば、稜線！　ほぼ垂直に切り立った斜面に設置された長いハシゴを下る。下る、下る……。次のハシゴを下る、下る、下る……。いったいどこまで下るんだ。

合戦尾根で積み重ねてきた高度がジェンガのようにガラガラと崩れ落ちるイメージが頭の中に広がった。このまま下山するなら、これでいい。ハシゴなんて、楽ちんなもんだ。だけど、目指すのは眼前、もしくはそれより高い位置にあった槍の穂先で、今下りている分だけ、登らなければならないのではないか。

最後のハシゴを下りる。樹が高い。鬱蒼と茂ったジャングル。思い切り、低地の景色じゃないか。猿までいる。身を削って一円も得にならないことに挑む、愚かな人間たちがまたやってきた。いや、猿にお金の概念はない。

サキも下りてきた。

「水の音が聞こえる」

どうして気付かなかったのだろうと不思議なくらい、意識すると、さらさらとせせらぎのような水音がわりと近いところから、森に響いているのがわかる。こんな音がする水場なんかあったっけ？

池のようなものを思い出した。槍の穂先から視線をぐっぐっと下ろして行くと、はるか眼下に小さく見えた……。あの位置まで下りてきているのか。糸を一本ずつ切られていく操り人形のように、体から力が抜けていく。

「大丈夫？　このまま上高地《かみこうち》に下りられる道もあるようだけど」

サキはまったく心が折れていなそうだ。むしろ、水音が響く森の中でマイナスイオンを吸収し、元気を得たかのように見える。

「平気。あとは登るのみ！　そこは私の得意分野」

声に出すと、力が湧いてきた。

左右どちらに転落してもおかしくない岩稜の、細い尾根道を登る。大きな石に足をかけ体を持ち上げる。ゴツゴツした岩をつかんで、体を前に出す。一歩ごとに足かせをつけられているようだ。

それでも、目の前の頂上まで登りきった。えっ、下り？　登ったのと同じくらいの下り坂。しかも、岩場なので、駆け下りることなどできない。慎重に下り終え、また登り。

ここが本日最大の難所。さあ、ガンバレ。自分を鼓舞して登る。着いたと安堵し、次の登りに向かおうと大きな岩を回り込むと、また、下り……。

登って、下って、登って、下って……。永遠に槍の穂先には到着しないのではないか。

登山ってこんなに苦しかったっけ。涙が込み上げてくる。ぐっとこらえる。

落ち着け、落ち着け、これまで歩いてきた道を思い出せ。本当に、ここが一番苦しい場所なのか。もう歩けないと思うほどに……。

涸沢から奥穂高、前穂高、岳沢まで歩いた時もしんどかったな。人間、こんなに一日中歩けるものなんだと何やら悟りを開いた気分になれたし、ここどころじゃない鎖場の数だったような気がする。しんどい、きつい、とは思った。

でも、今のようにつらいとは感じなかった。

ユウがいたからだ。

ガンバレ、とユウは励まさない。ユイならできる、と鼓舞もしない。こちらが弱音を吐いても、ニコニコ笑っている。ペースを合わせて歩いてくれている。そこを持って、というアドバイスではなく、どこに手を置くのが楽そう？　とヒントをくれる。正解したら褒めてくれる。答えをほぼ教えてくれたようなものなのに、センスいいじゃん、やっぱり山に向いているんだよ、とおだててくれる。

なのに、どうして、ここにいない。一番、いてほしい時に……。

海底のような一室が頭に浮かぶ。ユウと入ったラブホは、暗い部屋の四隅に青い間接照明が灯っていた。中央の大きなベッドに怯《ひる》み、壁際の二人掛けのソファの端に座ると、ユウも隣に腰を下ろした。

――ユイには何もしない。ユイが誰を好きか知ってるし、俺も同じ人のことが好きだから。遠くへ行ってしまう前に、彼女に伝えたいことがある。でも、それをユイに黙ってやるのはフェアじゃない。

――最初から、サキだけ伴奏者を引き受けて、山にもサキだけ誘えば、今頃とっくに付き合ってたんじゃないの？

――そんなふうに思ってないくせに。今日だけは、本音で話そうよ。ユイは必要な人だったんだ。高二の時にじいちゃんが死んで以来、俺は山に行く相手を求めてた。

――ユウなら、単独でも問題ないでしょ。

――登山という行為だけならね。だけど、俺はパートナーが欲しかった。ロープ一本で命を預け合えるほど、信頼できる。感動を分かち合える。でも、この人となら、と思える相手にめぐりあえない。そんな時、ユイの歌声を聴いた。そこに何か人間性とか見えたわけじゃない。この人が山で歌うのを聴いてみたいな、って。それだけ。

――山で歌ってほしいって言ったことないよね。

――自発的に歌ってくれなきゃ、意味がない。さっそく、伴奏者に申し出た。そのすぐ後に、サキから依頼を受けた。俺、エリートが嫌いだから断ろうと思ったけど、音を聴いて考え直した。この人を山に連れて行ってあげなきゃいけない、って思ったんだ。自分のように効果があるかはわからないけど、俺はその方法しか知らないから。

――ユウにとって、山って何なの？

――再生の場所。

とりあえず、目の前の坂は登りきれた。少し道が開けている。そこに、あの夫婦がいた。休憩していたようで、ザックに荷物を片付けている。

「お疲れさん。ここで半分といったところかな」

まだ、と声が漏れそうになった。

「ゆっくり行きましょう。これ、よかったらどうぞ」

奥さんが個包装のミニ羊羹《ようかん》を三つくれた。最後の一つで旦那さんとケンカしないためだろうか。いや、一グラムでもザックを軽くしたいのだ、きっと。

「じゃあ、また後で」

旦那さんに言われ、二人を見送った。後で。旅の仲間だ。

「休憩しようか」

サキに声をかけ、ザックを下ろした。

「荷物、大丈夫？」

自分が引き受ける余裕がないのに訊くのはずるい。

「うん。これだけは体の一部みたいなものだから」

余力のありそうな表情にホッとする。いただいた羊羹を一つ、サキに渡した。余った一つはサコッシュのポケットに入れておく。

「何を考えながら、歩いてた？」

深い緑はあるものの、花は見当たらない。

「岩の伝言ゲーム」

あさっての方向から石が飛んできた。何それ、と笑ってしまう。だけど、サキは笑わない。

「ハシゴを下りたところに、大きな岩があったでしょう？　岩は槍ヶ岳に伝えたいことがある。だけど、互いに動けない。だから、東鎌尾根の岩が協力しあって、伝言を届けることにした。でもね、岩は一文字ずつ忘れてしまうの。やりがたけ、だと、次の岩は、やりがた、しか伝えられない。やりが、やり、や、そこで消滅。言葉が消えてしまわないように初めの岩は長い文章を考えるんだけど、彼女はそれが苦手なうえに、東鎌尾根は想像以上に長くて、私の足元の岩で、いつも消滅するの」

彼女……。

「全部を伝えられないのは、サキだけじゃない。私を伝言ゲームの岩の一つだと思って聞いて。ユウは小学生の頃、父親から……、性的な虐待を受けていた。心が死んだ、ってユウは言ってた。中学生になって、母親がやっとそれに気付いて離婚して、実家に帰った。でも、ユウは学校に通えない。人が、怖いから。そんなユウを、じいちゃんが山に連れて行ってくれた。どんな登山だったのかまでは知らない。だけど、ユウは再生できた。山でなら、人が怖くない。そんなユウが、地上でも人と繋がりたいと願った」

「そんなこと、ユウは私には話してくれなかった」

「同情されたくなかったからだよ。それでも、ユウがサキを大切に思っていることは伝わっていたでしょう？　なのに、どうして受け入れてあげなかったの？」

山ではぐくんだものが、これほどまでに地上では無に帰してしまうのか。涙を飲み込むように羊羹をかじった。水もガブガブと飲む。

「受け入れる、の解釈が違う。私、ユウとセックスしたよ。私の部屋で」

顔面を殴られた、ような眩暈《めまい》を覚える。

「でも、私の体は何も反応しないの。だから、謝った。ゴメンね。私はユウを受け入れられない」

「ユウは？」

「ゴメンって。こんなことせずに、表銀座をユイと三人で楽しく歩いて、ドイツに行くのを見送ればよかった。そう言って、帰って行った」

その後、ユウは姿を消した。予約をしていたレッスン室に時間になっても現れず、もしやよくないことが起きているのでは、と慌ててユウのマンションに行き、警察の立ち会いのもと管理人に鍵を開けてもらったら、ピアノの上に「ユイへ」と書かれた茶封筒が置いてあった。

中に手紙のようなものは入ってなく、出てきたのは、表銀座の地図と行程表、そして、スコアブック。そこに、何かメッセージがないかとめくったものの、記されているのは楽譜のみ。ダンス用にアレンジされた昭和の歌謡曲だった。

警察が動いてくれる品ではない。

残されたものに従うとしたら、表銀座登山を決行するのみだ。

——私も行く。

サキのひと言が強く背を押してくれた。まさか、ユウは今生の別れとして、私にサキと二人きりの登山をプレゼントしてくれたわけじゃあるまい。

サキを託されたのだ。このままドイツに送り出すわけにはいかない、と。

「私はユウが好きだった」

サキが足元の石を拾い上げ、ぽつりとつぶやいた。気持ちを伝えられなかったのは、あなたのせいじゃないよ、と石をなぐさめるように。

「ユイも好き。生命も感謝もリスペクトもわからない私が、二人と登山をするようになって、一つ一つのものに魂が宿っていることを感じられるようになった。それを、音に乗せられるようにも。だけど、体は変わらない。何も感じない。山でなら、キスしたり、セックスしたりしなくても、命を預け合えるほど信頼し合えるし、孤独じゃないと思えるし、この結びつきは永遠だと信じられるのに。体が反応しない私を、ユウが愛してくれるはずがない。もう、山にも誘ってもらえない。どうして、山での関係を、地上で続けられないんだろう。地続きの場所のはずなのに、どこに境界線があるんだろう」

山での関係を地上でも……。それを望んでいたのは、サキも同じだった。

「せめて、そう思ってることを、ユウにちゃんと伝えられていたら、一緒にこの表銀座を歩いて、山の仲間として、別れることができたかもしれないのに」

サキの涙を見るのは初めてだ。切ない？　いや、無性に腹立たしい。

私の大切なサキを泣かせるなんて！

「サキは何にも悪くない。悪いのはユウだよ。サキが言葉足らずなのは、わかってたことじゃん。しかも、地上で。その状況で。一〇文字以上聞けたことに感謝しなきゃいけないくらい。顔を合わせづらくても、サキを山に誘ったのはユウなんだから、最後の登山もちゃんと付き合ってくれなきゃ。こんな大変なコースなのに。だからこそ、サキの五感はフル稼働するし、コースの一番苦しいところで、大切な気持ちを全部言葉にしてくれる。わかってたことじゃない。ホント、バカユウなんだから」

「そんな……」

悪口を言い過ぎたようだ。だけど、悪口はパワーにもなる。いや、羊羹効果か。勢いをつけて立ちあがる。

「仕方ない。これまでのお礼だ」

「そうね」

サキも立ちあがった。ザックを背負う。一歩を踏み出す。

下りが見えても、もう怯まない。いくらでもかかってこい。そう決意した時は、いつの場合でも大概、最後の一つだ。

東鎌尾根を抜ける。あとは、槍の肩までがっつり登り道が続いているのが見える。ストックを出した。ゴツゴツとしたあの尾根道を通過した後なら、ガレ場は舗装された石畳のようなものだ。言い過ぎか。

――サキがユウに伴奏を依頼せずに、私とユウ、二人で登山をすることになっていたら、お互い、苦しい気持ちになることなかったのかな。

――多分。楽しいだけの登山。でも、サキがいたから、幸せになれることがたくさんあった。

――私も。新しい花に出会うと、サキはどう表現するだろう、とか。

――きれい、かわいい、からの表現力スピード進化だからな。

――自分はどう表現されてるんだろうって、ドキドキしたよね。

――自分でも理解しきれない、本当の自分の姿を、サキに見つけてほしい。とかさ。

――恋人同士にならないとしても、私にその期待はしないの？

――ユイとは、思考が同じだからな。前世は同一人物だったんじゃない？

なら、私の今の気持ちも想像しろ。

振り向かない。まっすぐ前を向いて登る。大きな岩場を回り込む。ドン、と槍の穂が現れる。打球どころじゃない。にらめっこの距離だ。だけど、これで近付いたとは思わない。近付いたと思ったら、そっけなく突き放すんだから。

槍ヶ岳が人間なら、相手の心をもてあそぶ最低のヤツだ。なのに、モテまくる。恋焦がれた人たちは、受け入れてもらえることを信じて突き進む。私もその一人だ。昨日、姿を見たばかりなのに。そうじゃない。ずっと前に、どこかで遠目に見えただけなのに、気になって仕方なかった。

それが、ついに。肩まで、あと一〇〇歩。多分、おおよそ……。一〇〇歩ならいける。

一歩ずつ、頭の中でカウントする。五〇歩でここなら、本当にあと五〇歩かも。

残り、一〇歩。ラスト三歩は大股で。

着いた！　ストックのストラップを手首にかけたまま、サキと両手を握り合う。アッ、と気付いたようにサキが手袋を外した。彼女の白く長い指が、私のぽちゃぽちゃした指と絡み合う。

これ以上、何を求めることがあるだろう。

感動に浸っている場合ではない。まだ、終わっていないのだから。むしろ、ここからが本番。時計を確認する。午後三時五〇分。急げ！

肩に建つ槍ヶ岳山荘に荷物を置いて、穂に向かう。私はサコッシュのみ。サキは不要なものを除いたザックを背負っている。

槍の穂に取りついた。あと一〇〇歩しか歩けないと最後の力を振り絞ったにもかかわらず、肩まで到着した達成感は新たなエネルギーとなり、たまりにたまった足かせも重石《おもし》も取り除いてくれた。

岩に慎重に手をかける。

ユウの残した楽譜を見ていると、最後に、まったく知らない曲が現れた。「残照」というタイトルのそれは、ネット検索してもまったくひっかからず、もしや、これはユウが作曲したものではないか、とサキに見せた。

そして、サキが演奏するのを聴いて、やはり、と確信した。歌詞もないのに、そのメロディーだけで、これまで三人で訪れた山の景色が順に浮かんできた。曲よりも先に、頭の中のアルバムが終わった。映像の浮かばないここからは、これから歩く道を表しているのではないか。

今日を振り返り、改めてそれを確信している。今、まさにこの瞬間も。

最後のハシゴに手をかけた。ほら、曲の終盤とピッタリ重なった。

そして、地面に一歩を踏み出す。到着だ。

続いて上がってきたサキと、再び握手を交わす。

三六〇度、視界を遮るものは何もない。夕暮れを感じさせる淡い光の下、燕岳からの道のりがすべて見渡せる。東鎌尾根はあんな恐竜の背中のような形をしていたのか。そりゃあ、アップダウンが続くはずだ。

今日の出発は大天井岳から。こんなにも、こんなにも、歩いてきたのか。

よし、できた。

「サキ、始めよう」

サキが頷き、ザックを下ろした。ここにいるのは、私たちと、七〇歳くらいのおじいさんが一人。

「すみません、五分間、勝手をさせてください」

「おや、何か始まるのかな。楽しみだね」

おじいさんは笑顔で頷いてくれた。

サキがザックからバイオリンを取り出した。私はサコッシュから自撮り棒を取り出してマックスまで伸ばし、手近な岩場に固定した。二人の立ち位置を決める。どの景色も壮大で美しいけれど、自分たちが歩いてきた道をバックにしたい。

サキが音を出す。それに合わせて、私も声を出す。いい調子だ。

二人で頷き合った。

「ああ、着いた着いた」

あの夫婦がやってきた。小屋で休憩していたのだろうか。私たちを見て察したのか、二人で顔を見合わせ、ぬき足さし足でおじいさんの横に行き、一人分のスペースをあけて、静かに腰を下ろした。

スマホの録画ボタンを押す。定位置に戻り、もう一度、サキと頷き合う。

バイオリンの優しいメロディーが流れ出した。息を吸う。

『到着は、いつも夕暮れ……』

頭のてっぺんから声がどこまでも伸びていく。全開だ。

私に楽譜を託すなら、作詞もしておいてほしかった。だけど、私が作る詞だから、ユウにメッセージを送ることができる。

サキに思いを伝えることができる。

山を下りても、絆は変わらないと。それを、私たちは愛と呼んでもいいじゃないか。

「残照」なんてタイトルをつけて、楽しかった大学時代を締めくくろうとするなら、あんたも来いよ。

二日目の宿泊を大天荘にしたのが、ここに立つ時間を夕方にするためなら、あんたは本当に酷いヤツだ。

だけど、ちゃんと私たちはここまでやってきた。

そのうえ、あんたが作った曲まで奏でている。

世界一の舞台で。

どうだ、うらやましいだろう。あんたもここに加わりたいだろう。

そう願うなら、戻ってこい。

私たちのもとへ。

そして、今度は三人で奏でよう。

ともに歩いた、山の音楽を——。

すべて出し切った。

拍手が起こる。おじいさんと夫婦、三人分の。私とサキは並んで頭を下げた。

さあ、片付けだ。

「すばらしかったよ。まさか、最後にこんなご褒美が待っていたなんて」

旦那さんが言った。

「本当に。録画していたようだけど、その映像をもらうことはできないの?」

奥さんに訊かれた。

「ユーチューブにアップするので、よかったら、いっぱい再生してください」

「そりゃあいい。何と検索したらいいんだい? そうだ、曲のタイトルは?」

「残照……、の頂です」

えっ、とサキがこちらを見る。別れが近付く中、楽しかった思い出を振り返るだけの詞にはしていない。今日一日、そして、大学時代の楽しかった登山が終わるその時を、愛する人とともに、焦がれた山の頂で迎えられる。その幸せを歌った詞だ。

ユウに、自分もその頂にいなかったことを、うんと悔しがらせるために。

『残照の頂』、これしかないと思えるタイトルだ。僕ぐらいの年になると、なんだか人生と重ねてしまうね」

「本当に。こんなに充実した日が、人生にあと何度訪れるでしょうね」

夫婦はそう言って、今日、自分たちが歩いてきたコースを振り返った。早く、二人きりにさせてあげたい。

「いいねえ、若い人たちは。日暮れに頂に立ち、自分たちの歩んできた道を振り返る。さあ、明日はどこを目指そうかね」

おじいさんの言葉に、皆が頷き、最後に三六〇度の景色を、脳裏に焼き付けるように頭《こうべ》をめぐらせた後、大切な人と見つめ合い、頷き合った。

永遠の約束を交わすように。

# 四日目

槍沢《やりさわ》の道を上高地まで一気に下る。

頂上での歌声は、小屋に到着し、外に出てくつろいでいた人たちにも届いていたようで、穂先から下りるなり、大勢の登山者たちから拍手を受けた。ぜひ、ユーチューブの再生回数に反映させてほしいものだ。

頭上の曇天に憂いはない。すべてやり切った。

槍沢ロッヂの前で休憩することにした。ザックを下ろしたところで、お疲れ様、と声をかけられる。近くのベンチにあの夫婦が座っていた。

「あら？　もう一人は？」

奥さんに言われて、サキを見た。

「あなたたち、ずっと三人連れだったでしょう？」

表銀座のコース上で単独行の人を見かけた覚えはない。

「ほら、男の子」

まったく、何を言われているのか。

「その男の子は、頂上にもいましたか?」

サキが訊ねた。

「いたわよ。おじいさんの横で、羊羹を食べながら、幸せそうな顔して聴いていたじゃない」

羊羹? 慌ててサコッシュのファスナーを開けた。ない。どこかで落とした?

「彼が『残照の頂』を作曲したんです」

「まあ、そうなの」

サキの解釈はわかる。そこにいたのは、ユウだと。だけど、それじゃあユウはこの世に……。

「ご安心を。妻は幽霊は見えないので」

旦那さんが優しく微笑んで、奥さんの肩に手を乗せた。

「そうよ。それじゃあ、怖くて山なんか来られないわ」

二人は出発の準備をした。また後で、と下り道を行く。

「どう思った?」

サキに訊く。

「ユウなら、幽体離脱っていうのかな、魂だけで移動できそうだけど。今、いないのはどういうことだと思う?」

「それは……」

ユウなら、どうするだろう。

「多分、演奏に加われなかったのが悔しかったんだよ。それで、大キレットにでも行ったんじゃない? おまえらにはまだここは無理だろう、って」

「想像できる。でも、ちょっとムカつく。大キレットは私も行ってみたいもの」

明日はどの頂を目指そうか……。

「じゃあ、次は大キレットに行こうよ。私、岩場の練習、しっかりしておくから」

「うん、絶対」

「三人で」

サキが手袋を外した。私たちは、右手の小指を絡め合い……。

その日を、願う。

# 立山・劔岳

## 娘

「山のためなら早起きできるんだ」

夜明け前のビジネスホテルのロビーで揶揄《やゆ》されてから、まだほんの数時間しか経っていないのが信じられないくらいに、周囲の景色は、ゆるやかに空へと近づいていることを教えてくれるものへと変化している。建物が減り、緑濃い樹が増え、その樹がどんどん低いものとなり、視界に入る空の面積が広がっていく。雲一つない青空、快晴だ。

そのうえ、自分の足をほとんど使わず、電車、ケーブルカー、バスといった、乗り物好きの子どもじゃなくてもワクワクするようなフルコースで運んでもらっているのだから、こんなに快適なことはない。

ホテルを出た時は日の出前にもかかわらず、ザックを背負って駅まで五分ほど歩いただけで、背中に汗を感じた。だけど、そんな残暑の湿気はどこへやら。開け放したバスの窓から入る風は、胸にわだかまるものをすべて吹き飛ばしてくれそうなほど、心地よい。

席に余裕があるため、母とは通路を挟んで、二人掛けの席にそれぞれ一人で座っている。母は風を受けながら窓の外をずっと眺めている。

山の景色を楽しんでくれているようでよかった。そもそも、立山《たてやま》を訪れるのは登山者だけではない。むしろ、立山黒部《くろべ》アルペンルートの散策を目的とした観光客の方が多いはずだ。それにしても、ＬＩＮＥで剱岳《つるぎだけ》に行くとおざなりな報告をした際、「私も連れていって」と返信が来た時には目を疑った。

消防士だったという父は、私が二歳の時に事故死した、とだけ聞いている。遺影の父は、まだ一〇代だった、と言っても通じそうな、若さあふれる精悍な笑顔だ。きっと、運動神経抜群だったに違いない、と思わせるような。

以来、母は看護師をしながら女手一つで私を育ててくれた。

そんな母にとって、私の大学入学イコール子育て卒業だった。

国公立でも私立でも、関東でも関西でも、何学部でも学科でもかまわない。自分の将来に必要だと思うことを学びなさい。そんなふうに、私に選択権を委ね、あとは、私が受験生として健康で快適に過ごせるよう、主に食事の面などでサポートしてくれた。

忙しいのだから夜食なんてカップラーメンでいい、と申し出たところ、子育て卒業まであと数カ月なんだからサポートさせてよ、とカラッとした笑顔で言われ、そういうことかと納得できた。金銭的な援助はしてもらうものの、自立へのスタートをきるのだな、と。

これからは、自分で判断し、行動しなければならない。

将来は、新聞記者になりたいと漠然と考えていた。運動はともかく、勉強はそこそこできる程度で、特別秀でている科目はなかった。小学六年生の時、遠足の作文を書いた際、担任の先生に、「夏樹《なつき》さんは自分の経験を文章にするのが上手いですね」と言われ、以来、それが自分の特技だと思うようになった。

この景色を、この体験を、まったく知らない人に文章で伝えるとしたら。どこへ行っても、何をしても、そんなことを考えてしまうクセがつき、中学の社会の先生から、「長峰《ながみね》は観察眼がするどいし、文章も上手いから、新聞記者になればいいんじゃないか」と言われ、そこから、将来の夢を訊《き》かれたら、「新聞記者」と答えることにした。

母に伝えると、かっこいいじゃない、と、まるでもうなることが決まったかのように、嬉しそうなリズムで頭をわしゃわしゃと撫でてくれた。

そうして無事、東京の私立大学の社会学部に合格し、宮崎から上京したのだけど、母は子育て卒業、とはならなかった。私が新たな心配の種を蒔いてしまったからだ。

山岳部に入るという……。

室堂《むろどう》に到着した。

夏空の下だというのに、風は優しく、空気はひんやりと心地よい。

「夏樹、母さん、ターミナルのロッカーに荷物預けてくるから」

バスの荷物入れから出してもらったザックを足元に置いて深呼吸していると、後ろから母に声をかけられた。すでにザックを背負っている。

富山駅前のホテルは母が予約してくれた。それぞれの山小屋の予約は私が入れて、下山後の宿泊は母にまかせている。昨夜は、シングルが二部屋しかあいていなかったからと、別々に泊まったけれど、私はホッとしたし、もしかすると、母はわざと二部屋とったのではないかとさえ疑っている。本番前からケンカにならないように。

だから、朝、ロビーで母の荷物を見た時には驚いた。

なんだ？　その大荷物は、と。しかも、登山道具は一式新しいのを揃えたと聞いていたのに、ザックは新品に見えないし、山小屋には一泊しかしないのに、三泊かけて縦走できそうな大きさだった。素材も帆布のようなベージュの分厚い布で、ミレーのロゴは入っているものの、登山に適しているとは思えない。

とはいえ、天蓋やポケットの縁取りに、オレンジや紫といったカラフルな差し色の入ったデザインはオシャレだ。タウン用のものを、ネットの中古品ショップで、サイズや用途をあまり確認しないまま買ってしまったのかもしれない。

しかも、荷物はパンパンに詰まっている。宮崎からやってきたのだから仕方がない。必要ないものも「念のため」に入れてきたのだろう。

遠足や修学旅行の時、胃腸薬や消毒液、絆創膏などを入れた大きなポーチをいつも持たされていた。それらを使う機会が一度もなかったことは毎回伝えていたけれど、山となれば自分のために、あれやこれやと詰め込んできたに違いない。

そういえば、下山後はヒルトンに泊まるとか、今朝、駅のコンビニでおにぎりを買いながら、さらっと言ってなかったっけ？　立山にヒルトンなんてあっただろうか。長野市内か。ヒルトンなら、それなりの服も必要だろう。私はどうする？　まあいいか、気にしない。

そんなことを考えて、今日だけザックを私のと取り換えてあげようか、などと思っていたのだけど、なるほど、コインロッカーに預けることを想定済みだったのか。もしかすると、山用のザックも別に用意しているかもしれない。

「じゃあ、私も。昨日の服や下山後の着替えを持ち歩くつもりだったけど、ロッカーに入れるなら一緒に」

「入れてきてあげるから、ここで出してちょうだい」

なんだか母は、私についてこられたくなさそうだ。今回、私は母から許可をもらう立場で、本題に入る前から、母の機嫌を損ねるようなことはしたくない。

「これ、お願いします」

山で使わないものは巾着袋にひとまとめにしていたので、ザックからすぐに取り出して母に渡した。

「コーヒーでも飲んで、待ってて」

母は私がザックを開けているうちに、自分のサコッシュから小銭を取り出していたようで、私に百円玉を二枚持たせてくれた。まるで子ども扱いだ。

母の心がまったく読めない。姉妹のようだ、と言われると、友だちだよね、と二人で笑いながら訂正するくらい、母と私は気が合って、私にはいつでも母の気持ちが手に取るようにわかっていたのに、今日はまったくわからない。

いや、わからなくなったのは、昨日今日始まったことではない。

山岳部に入ってからだ。

初めて訪れる場所で母を一人にするのは、それほど心配なことではない。

言われた通りに、ターミナル内の自動販売機で缶コーヒーを買い、立山連峰を見渡せるデッキに出て、手近なベンチに腰かけた。当然のようにホットのボタンを押したけど、それが苦ではない気温だ。

デッキでは、日帰り登山の出で立ちをした、これから雄山《おやま》辺りを目指すのではないかと思《おぼ》しき、おそらく母と同年代のおばさん四人組が、ストックを使ったストレッチをしている。

私が山岳部に入ったと知ると、母もうらやましがって始めるのではないか。そんな期待さえしていたのに。

母は運動神経がいい。

小学一年生の時、運動会の保護者競技の案内を持ち帰った私は、「〇〇ちゃんはお父さんがリレーに出てくれるんだって」と口にしてしまった。遺影を思い浮かべながら、父が生きていれば、と悔しさ半分、悲しさ半分で帰宅したら、めずらしく早番だった母が玄関ドアを開けてくれたから、気持ちをリセットする間がなかったのだ。

すると、母は翌朝、リレーの欄に丸をつけた申込書を私に持たせてくれた。

ずっと楽しみだったのに、競技直前になって不安が込み上げてきた。玉入れやむかで競争などは、女性の参加が多かったものの、ただ足の速さだけを競うリレーは、母以外の参加者は皆、男性だったからだ。

午前中ラストに行われるそのリレーは、保護者競技の中では花形らしく、各クラス四人ずつのランナーが入場すると、児童たちからだけでなく、保護者席からも歓声が上がった。母は第一走者だった。一学年三クラス、二学年ごとに予選があり、一位と二位のクラスが決勝に進む。

ビリでもいい。どうか、あまり差をつけられませんように。

両手を組んで祈る中、スタートの号砲が鳴った。その直後、どよめきが起こった。なんと、先頭を颯爽と走っているのは、母だった。県立病院に勤務する母のことを知っている人は多く、「長峰さん！」と声援が飛んでいた。

母は先頭のままバトンを渡し、最終結果も一位だったため、決勝に進むことになった。再びのスタートは二位だった。最終結果も二位。しかし、主役は母だった。

その日一日、私はクラスの子たちからも担任の先生からも、すごいすごい、と褒められた。自分がクラス全員リレーで二人抜いたことよりも嬉しかった。母は中・高時代、陸上部の短距離選手だったらしい。

母の快走は六年間続いた。

私は小学四年生から地元のスポーツ少年団の陸上部に入り、中学生になると、その中学の女子の部活の中で一番活躍している、バスケ部に入部した。母は陸上を続けてほしかったのではないかと、ドキドキしながら伝えると、一言、かっこいいじゃん、と頭をわしゃわしゃしてくれた。

忙しい合間をぬって、試合や遠征には車を出してくれた。うちの車にカーナビはついていない。しかし、県外の初めて訪れる場所でも、母が道に迷うことはなかった。

高校生になってもバスケを続け、最後、準決勝まで進むことができた県大会では、親戚から借りた大型車で、他の保護者たちを引き連れて、私たちが会場入りした時にはすでに、立派な横断幕を設置していた。

スマホが鳴った。「どこ?」と母からのＬＩＮＥだ。方向感覚はバッチリでも、エスパーではないらしい。「デッキ」と返すと、すぐに母の姿が見えた。

片手に缶コーヒー、そして、正面からだと断定しにくいものの、ザックは変わっていない。ミレーの大きな布製ザックのまま。

「お待たせ」

母はザックを足元に置いて、プルタブを引いた。パンパンだったザックは、中身を全部抜いてきたのかと思うほど、ペタンコになっていた。

「雨具、入れてる?」

必要なものは事前に伝えてある。荷物チェックをする気はないけど、これだけは確認しなければならない。今の青空を見て必要ないと判断し、ロッカーに入れてきたかもしれない。山の天気は変わりやすいし、雨具は防寒具にもなる。

「バッチリよ」

母は缶を持っていない方の手で親指を立てた。水はホテルで補充してある。着いてから知ったことだけど、富山の水道水はおいしいことで有名らしい。モンドセレクションに水道水部門があることを、初めて知った。

母がコーヒーを飲み終えるのを見届けて、缶を預かって捨てに行き、ストレッチを始めた。母が私を真似る。一つ一つの動きがどこに効いているかわかっている人の動きだ。

「ちなみに、救急セット的なものは入ってる? 修学旅行の時みたいな」

アキレス腱を伸ばしながら訊いた。

「そういうのは、夏樹が用意してくれるんじゃないの?」

何食わぬ顔での返答にドキリとした。

私は今日一日かけて、自分の行動で示しながら、母を説得するつもりでここに来たけれど、母の方も、私を試し、合否判定を出そうとしているのかもしれない。

「うん。お母さんは手ぶらでも大丈夫なくらい、最低限のものは揃えてる。あとさ、そのザック重いでしょう？　私のと交換する？」

「大丈夫よ。ちっとも重くないもの」

母は大事なものを守るように、両手でザック上部を握った。

「あまり見かけないタイプだけど、どこで買ったの？」

「貸してもらったのよ」

そう言って、サッとザックを背負う。私に奪われないようにするために。本人がこれを背負いたいなら仕方ない。私も自分のザックを背負った。同じミレー、黄緑色のゴアテックス製、五〇リットルだ。

「じゃあ、行こうか」

「お願いします！　ガイドさん」

母の顔を見ずに、進行方向に体をまわした。怖くて、母の顔を見ることができない。口調は明るいものの、目は笑っていないような気がする。

ガイドさん、なんて、いきなり言う？

わざわざ帰省して、山岳ガイドになりたいと打ち明けた途端、東京に今すぐ帰れと追い返されて、半年間絶縁状態が続いた後に再会した娘に。

ジャッジ開始、とゴングが鳴らされたのだ。どちらが自分の要望を通すか、母と娘の戦いが開始されました、的な？

「立山という山はありません」

石畳ふうに整備された歩道を、前を向いて歩きながら、後ろからついてくる母に説明する。

なぜ丁寧語？　と胸の内でセルフツッコミするものの、いまいち自分の現状の立ち位置がわからないので、これでいいやとも思う。母は何も言わない。茶化しもしない。へえ、と相槌《あいづち》がくる。だから、続ける。

「今日の行程はまず、ここ標高二四五〇メートルの室堂平から、一《いち》の越《こし》山荘まで登って、そこから本格的に、三〇〇三メートルの雄山、立山連峰最高峰である三〇一五メートルの大汝山《おおなんじやま》、二九九九メートルの富士ノ折立《ふじのおりたて》、二八六一メートルの真砂岳《まさごだけ》、二八八〇メートルの別山《べつさん》まで縦走します」

「すごいじゃない。数字をソラで言えるなんて。まあ、合ってるかどうか私にはわかんないけど」

「合ってるの。そういうことで、いきなり登りだけど、しっかりがんばって」

早くも丁寧語終了だ。

「でも、普段着の人、多くない？　あの人なんて、クロックス！」

母は足を止めて周囲を見回した。母の言う通り、登山道に見える人たちの五割は服も靴も登山用ではない。動きやすそうではあるけれど、そのままホテルのレストランにも入ることができる、素材もデザインもオシャレな服装だ。ザックなど背負ってなく、ボディバッグやポーチといった小さなバッグを持っている。

室堂平にあるホテルを拠点に、散策を楽しむために訪れた人たち。一の越山荘まで行かず、手頃なところで引き返してくる人たちの姿も見える。

この段階では、母のザックを抜きにしても、ガッツリと山に登る恰好《かっこう》をしている私たちの方が少数派だ。二割くらいだろうか。

境界線はやや曖昧で、残りの三割は登山スタイルではあるけれど、ザックは小さい。靴も運動靴やハイキングに適したローカットの登山靴が多い。多分、室堂から雄山までのピストン登山の人たちだ。

そんなことを母に軽く説明した。

「だから、ゴールはそれぞれ違って、私たちのゴールは結構遠いから、余計な体力使わずに、黙ってさくっと登ろう」

「了解」

母が敬礼する。その行為をどうしても前向きに捉えられず、やはり目を逸らしがちに進行方向に向き直ると、足を進めた。

とにかく目標は、母に少しでも、山は楽しいところ、登山はルールを守れば安全なのだということを、知ってもらうことだ。

落ち着いて考えてみると、すでに天気は私の味方をしてくれている。周囲の人たちの笑顔も、青空に引き出されているところが大きいのではないか。気持ちいい、ホントいい天気、といった声が、いたるところから聞こえてくるのがその証拠だ。

草原のような緑と雪渓の白のコントラストが美しい、なめらかな曲線を描く氷河地形の山稜は、心を浄化してくれるようだ。そういうことを、今までは母に写真や文章で報告していた。

それが、山岳部を続けるための条件であるかのように……。

大学一年生の四月の末、ゴールデンウイークの前半に、母は東京にやってきた。

母曰《いわ》く、クーデターのような看護師たちの集団離職のせいで、四月前半は休みが取れず、私の入学式に参加することができなかったからだ。

幸い、母の姉であるおばさんが東京にいるため、アパート探しや引っ越しもおばさん一家に手伝ってもらい、母を煩わせることなく新生活を始めることはできていた。

たったひと月しか過ごしてなく、新しくできた友人と歩く時は後ろをついていっていたのに、田舎から出てきた母に対して、特に、学内を案内する際は、まるで自分のテリトリーであるかのように連れ歩いた。

地元の看護学校を出ている母は、近頃の大学ってこんなふうなのね、コンビニがあるじゃない、などと言いながら、嬉しそうに目を細め、辺りをくまなく見回していた。そして、部活や同好会のカラフルなチラシがびっしりと貼られた掲示板の前で足を止めた。

——楽しそうなのがいっぱい。

自分ならどれに入ろうか、といった様子だった。バスケ部だわ、と有名なバスケマンガのキャラクターが描かれた一枚を指さした。報告するなら今だ、と思った。

——実は、もう仮入部しているんだ。

何だと思う？　とクイズを出すような感覚だった。

——バスケじゃないのね。

言いながら、母は他のチラシに目を凝らした。私が完全燃焼してバスケ部を引退したことは、母も理解しているようだ。文化系か体育会系かというカテゴリーでは、バスケと同じだけど、スポーツとは呼べない。それでも、母はもしかして当てるのではないかという予感がした。

なぜだろう。バスケ部とは対照的な黒一色で筆書きされたチラシに、他より長く目を留めたように見えたからだ。これまでの部活動では経験できなかったもの。自分が選ぶなら、と思ったのではないか。しかし、まったく見当違いな答えが返ってきた。

——大学といえば、やっぱりテニス？

本当にそんなことを思ったのだろうか。母はせっかちだ。自分で考えるのを放棄して、早く答えを知りたいんじゃないか。そんなふうに解釈し、正解は……、と、もったいぶりながら筆書きのチラシを指さした。

——山岳部です。

——ダメよ。

間髪いれず。母の顔から表情が消えたのと、この言葉が出たのと、どっちが先だっただろう。

——どうして？

問い返す私の声も、とがったものになっていた。

——死ぬじゃない。

ストレートに放たれた矢が、心臓ど真ん中に突き刺さる。危険でも、ケガをするでもなく、死ぬ、なんて。現実味がなさすぎて、数秒後には笑ってしまった。

これは、あれだ。東京の大学に進学することが決まった際、近所のおばあちゃんに、「そんな恐ろしいところに、女の子が一人で行くなんて」と心配されたのと同じパターンだ。「やだなあ、サスペンスドラマの見すぎだよ」と笑いながら答えた、あれと。

母もエベレストで遭難するような映画を見て、死ぬ、なんて口にしてしまったに違いない。私自身にも同様の不安はあった。

何か、これまで想像もしたことがなかった新しいことに挑戦してみよう。新聞記者に繋がるようなことなら、尚更いい。そんな気分で、両手にたまったチラシを吟味して、山岳部か、と興味を引かれたものの、大丈夫かな、という気持ちも湧き上がった。

とりあえず、部室を覗きに行くと、もっさりしている人たちを想像していたのに、しなやかな草食動物を思わせるような人たちが笑顔で迎えてくれて、過去に登った山々の写真を見せてくれた。安全面に関しても、トレーニングや合宿を通じて指導してもらえると知り、その日のうちに仮入部することになった。

そういうことを母にも説明すればすぐに理解してもらえると思っていたのに、母は、お手洗いに行ってくる、と逃げるようにその場を去り、帰ってきたかと思うと、急患だかなんだかですぐに帰らなければならなくなったと言い出した。

空港行きのバスに乗る間際、母は別れの言葉もそこそこに、山だけはダメよ、と念を押した。何がなんだかわからないまま、バスが遠ざかるのを眺め、どうしようかと思い悩んだのも束の間、おばさんと一緒に食事をする約束をしていたことを思い出し、待ち合わせをしていたレストランに向かった。

母はおばさんに帰ったことを伝えていなかった。驚くおばさんと二人で、予約していた三人分の中華料理を食べながら、母に山岳部に入る許可をもらえなかったことを、ボヤくように伝えた。おばさんから説得してもらえることを期待して。

なのに、おばさんからもそっけない一言が返ってきた。

——そりゃ、ダメよ。危険だもの。

おばさんに説明する気力は残っていなかった。

一の越山荘に到着した。

まずは、リゾートスタイルの人たちの目的地だ。浄土山《じょうどさん》と雄山の山間《やまあい》、地図で見ると谷間にあるのに、視界を遮る背の高い樹木がないせいか、見晴らしはよい。そして、吹き抜ける風も強い。

母に風よけのジャケットを着ることを勧めて、私もザックを下ろした。母の大きな布製ザックには、雨具の他に、薄手のナイロンジャケットも入っていたようだ。これは、見るからに山用、モンベルの新品で、母の好きな紫色だ。

素早く上着を着た母は、次に向かう雄山とは逆の稜線を、風に抗うように眺め始めた。

「槍《やり》ヶ《が》岳《たけ》まで見えるよ。ほら、あのとんがったの」

稜線のかなり奥、私が指さす方に母は目を遣《や》った。

「アルプス一万尺に出てくる山ね。でも、あれより、手前に見えるあの山の方が、左右対称なきれいな稜線を描いていて、これぞ山って感じじゃない?」

今度は母が指さす方へ私が目を遣った。

「ええっと、あれは」

どの山のことかはわかる。でも、名前がすぐに出てこない。ザックのポケットから地図を取り出した。

「笠《かさ》ケ岳《たけ》よ」

地図を広げる前に母が言う。もしかして、予習してきたのだろうか。私の揚げ足を取るために？　いや、悪い方へ考えるのはやめよう。明るく、楽しく……。

「すごいじゃん。山に興味を持ってくれたの？　もしかして、そこに広がっているアルプスの草原みたいなところを歩いてみたいとも思ってない？　五色ヶ原《ごしきがはら》。その向こうが薬師岳《やくしだけ》、その向こうに雲ノ平《くものたいら》っていうところがあるんだけど、日本最後の秘境って言われているんだよ。なんか、お母さんって、高いところをガシガシ登るよりも、雄大な景色を眺めながら歩くコースが好きそうな感じがするんだ」

バスケの大会で遠征に行く際、母は運転しながら、いい景色ね、と、よく口にしていた。それはいつも、山間や海辺など、視界いっぱいに自然が広がっている場所だった。

しかし、母からの返事はない。じっと、雲ノ平がある方を見つめ、洟《はな》をすすると、こちらを向いた。

「思ったより風が冷たいわね。休憩はもういいから、体を動かしましょう」

「じゃあ……」

私の答えを待たずに、母はザックを背負い出した。私も続く。いよいよ、本格的な登りが始まる。リゾートスタイルの人たちはもういない。

母がちゃんとついてきているか、振り向いて確認する。まったく疲れた様子なく、しっかりと歩いている。数メートル進み、再び振り返る。

「そんなにくるくる振り返らなくても、待ってほしい時は自分で言うから」

あきれたように言われて、前を向いた。それにしても、まだ始まったばかりとはいえ、母の体力に改めて驚く。もともと運動神経がよく、看護師というハードな仕事を日々こなしているものの、登山に必要な筋力はまた別物なのではないか。

しかし、周囲を見回して思い直す。母よりも高齢、私の祖父母世代の人たちも、元気に歩いている。立山のホテルに宿泊して早朝から登ってきたのか、剱岳麓の山小屋から下山途中に立山ルートをとったのか、下ってくる人たちともすれ違うけれど、それほど疲れ切った表情の人は見られない。

同年代の、山をやっていない同級生たちは、買い物に行ってちょっと歩いただけでもすぐに、しんどい、死んじゃう、などと弱音を吐くのに。そもそも、そういう私くらいの年の人が見当たらない。

大学の合宿で訪れるような場所じゃないにしてもだ。

私が最年少？　ガイドになった自分が案内するのは、元気なお年寄りばかりかもしれない。

そんなことを考えながら歩いているうちに、雄山に到着した。

決して広いとは言えない稜線上の細長い石畳のスペースに、賑やかな観光地の光景が広がっている。手前に休憩所、その奥に社務所、そして、少し先の高くなったところに小さなお社《やしろ》がある。雄大な北アルプスのパノラマを一望できる場所に位置する神社、雄山神社だ。

それほど登山に慣れていなくても、願いを背負っている人なら訪れてみたい場所ではないのか。

「祈禱を受けるよね」

母に訊《たず》ねると、当然よ、と頷かれた。

「申し込みをしてくるから、休憩所でお土産でも見ていてよ。手ぬぐいとかあるんじゃない？好きでしょう」

さも、この場所を何度も訪れたような言い方をしたものの、立山を縦走するのは、実は私も初めてだった。うちの山岳部の合宿で、富士山や立山といった、観光客で賑わう山を訪れることはない。

剱岳は目指したことがある。ほんのひと月前に。

うちの山岳部では合宿の他に、少数で班を作っての登山も行う。就職活動のことを考えると、部としての登山はこれで最後になるだろう、と組んだ同級生たちとの班での行先決めは、まったくもめることなかった。

いつか、剱岳に登りたい。その願いは多くの登山者に共通するものだ。難所に挑みたいというチャレンジ精神からくる人もいるだろうし、その名の通り、剣が折り重なったような険しくも美しい山の姿に魅せられてという人もいるに違いない。

剱岳を唐松岳《からまつだけ》から遠目に眺めたことがあるだけの私は、前者の気持ちの方が強かった。

賑わう立山は避け、雷鳥沢《らいちょうざわ》を往復することにした。

しかし、雨。しかも、大雨、洪水、暴風、知っている限りの警報が出た……。

祈禱の申し込みを終え、鈴のついたお札を片手に戻ると、母も休憩所から出てきたところだった。何か買ったのか、ザックの蓋を閉めている。記念になるものがあれば、と私も覗いてみるつもりだったけど、お札をもらえたのだから充分だ。

祈禱もすぐに始まる。

「何を買ったの？」

「お土産。みんなに言ってきてるから」

母が笑う。みんな、の顔は具体的に思い浮かばないものの、私が地元に帰らなくても母を心配する必要はなさそうだ。山岳ガイドになるにしろ、ならないにしろ。

「祈禱が始まるよ」

他の祈禱に向かう人たちに倣い、休憩所の脇にザックを置いて、お社のある、雄山の山頂に向かった。

お社に向かって六畳ほどのスペースがあるかないかといったところに、登山者たちが肩を寄せ合って座っている。順番に詰めていき、私と母も並んで座った。地べたに直接お尻をつけることに抵抗はないけれど、母のお尻の下には程よく平べったい石があり、少しうらやましく感じる。

地上の神社と変わらない、着物をまとった神主さんがやってきて、祈禱が始まった。皆が、目を閉じて、手を合わせている。母は何を祈っているのだろう。私は……。

立派な山岳ガイドになれますように。いや、その前に、母に理解してもらえますように。

祈禱を終えた神主さんが皆の方へ体を向けた。

「皆さま、本日は雄山神社によくお越しくださいました。こちらは、海抜一万尺、北アルプス立山の主峰、雄山の岩頭に鎮座する神社でございまして、正確には……、そちらの紫色のジャケットを着ていらっしゃる方が座っている石が最高地点になります」

神主さんが手を差し出した先にいるのは、母だ。

「えっ、この石は神聖な……」

母が腰を浮かせてうろたえる。

「そのままお座りください。他と変わらない石で、ただ、私が目印にしているだけですから」

神主さんの柔らかい笑顔に、母は安心したように腰を下ろした。その後、簡単に神社の歴史などの話があり、終了した。次の祈禱を待つ人たちが控えているので、足早に休憩所まで戻る。

「偶然座った場所が最高地点だなんて、私、ついてるわ」

母は上機嫌だ。うらやましくもあるけれど、私に直接ラッキーなことが起こるよりも、母の機嫌がよくなる方がありがたい。上空はどこまでも青く、降り注ぐ太陽の熱を、風が心地よく中和してくれている。

昔、母に読んでもらった童話「北風と太陽」は、太陽と風が競う話だったけれど、仲良くすればさらに旅人は幸せになれるのだ。

山の神様は私に味方してくれている。

「じゃあ、次に行こうか」

雄山を訪れる人は後を絶たない。祈禱を終え、スマホで記念撮影して、少し水分補給をしたら、ほとんどの人たちがザックを背負う。ただし、その多くは来た道を引き返していく。

逆の方向、富士ノ折立方面に向かう人は、見える範囲、両手で充分数えられる程度だ。とはいえ、道のりが険しくなるわけではない。ゆるやかなアップダウンが続く、開放感あふれる縦走路だ。

難所もなく、ただ前に進めばいい……。

山岳部に仮入部したことを告げた途端、半ば逃げるように帰ってしまった母から連絡があったのは、ひと月後だった。その間、私も連絡をしていない。

母と別れた数日後に、新歓合宿で登った瑞牆山《みずがきやま》についてどころか、肉じゃがを作ったものの一味足りない原因、母が隠し味に何を入れていたのかさえ、訊くのをあきらめた。東京の友人に教えてもらったテレビで紹介されたことのある洋菓子店の、人気のバームクーヘンを母の日のプレゼントに贈ろうかとも思ったけれど、山岳部に入るのを許してもらうための賄賂だと解釈されるのがイヤで、結局何もしなかった。

意地の張り合いだった。

根負けした、いや、折れてくれたのは、母の方だった。

アパートのポストに手紙が入っていた。四葉のクローバー模様の封筒の表面に私の名前、裏面に母の名前、長峰千秋《ちあき》。そうだ、母の名前は「千秋」だった、と整った文字をしばらく眺めてしまった。

大学の合否通知よりも緊張しながら開いた便箋には、それほど多くの文字が並んでいるわけではなかった。

『山岳部、楽しんでください』

山についてはこれだけで、気を付けてとも、ケガをしないようにとも、書かれていなかった。

隣の家が犬を飼い始め、かわいいので自分もほしくなったとか、勤務先の病院の前においしいうどん屋ができたといった、そこそこ充実した近況が書かれていただけだ。それだけなのに……。

涙がこぼれていた。それをホームシックと呼ぶのだと気付いたのは、一年経って、山岳部の後輩から「親からのメールで泣きました。全然、寂しくないのに」と聞かされた時だった。

過ぎてしまえば涙の理由なんてどうでもいい。母の手紙を読み終えた私は、すぐに返事を書きたくなった。けれど、レターセットなんて気の利いたもの、私の部屋にはなく、買いに行く時間も惜しく、レポート用紙を机の上に広げた。

書いたのは新歓登山のこと。母の許可を得ないまま合宿に参加したことを、かなり後ろめたく感じていたのに、天然の彫刻のような岩山を見た途端、ワクワク感が沸騰し、すべてのマイナスの感情が吹き飛ばされたこと。先輩から体のバランスをとるのが上手いと褒められたこと、山頂で食べたコンビニのおにぎりがおいしかったこと。

まさに、登山レポートだった。郵便局の窓口で切手を買う際、定形郵便の代金では足りず、一〇円分追加した。

それに対して、母の返事はそっけない。ＬＩＮＥだからかもしれないけれど。

『楽しそうで何より。風邪に気を付けて』

「山」という言葉を出さないのは、母の意地だったのかもしれない。それでも、私は山岳部への入部を認めてもらえたと思えたし、自分の力で説得できたのだと自信を持つことができた。

次の山に登ったらまたレポートを書いて母に送ろうと決めていた。

母にも山を好きになってもらいたい。

送ったレポートの枚数は、私が名の知れた文筆家なら本を一冊、いや、二冊は出せるのではないかという量になる。なのに、未だ届ききっていない。

そりゃあ、部活動と職業では、捉え方は大きく違ってくるのだろうけど。

# 母

富士ノ折立に到着した。ゆるやかな一本道をただ歩いているだけなのに、ポイントに到着するのは、わずかではあるが達成感はある。

「あー、お腹すいた。お昼にしようよ」

夏樹が弾んだ声を上げた。家か。夏休みか。何度も繰り返し聞いてきた言葉のはずなのに、最後に聞いたのはいつだったか思い出せない。

道標から少しずれて、ザックを下ろした。立山は山というより、原っぱだ。幸せな、幸せな、未来へと続く散歩道……。

二人で室堂平を見下ろす方を向いて並んで座り、ザックから、コンビニの買い物袋を取り出した。おにぎりが三つと塩分補給の梅味タブレット。夏樹は早速、おにぎりの包みを開け出した。相変わらず、梅干しが好きなようだ。

「おいしい!」

ギュッと目を細めるところも変わらない。私も鮭おにぎりにかぶりついた。おいしい、と口にできないのは、やはり、自分が楽しそうな姿は見せまいと意地を張っている証拠か。かけひきをしているのは母と娘お互いさまのはずなのに、夏樹は二度目の、おいしい、を発した。でも、と続く。

「こんなに涼しいなら、昨日の夜にマス寿司弁当買っておいてもよかったかも。お母さんは昨日、昼過ぎには着いていたんでしょう? 何か、富山名物食べた?」

「ブラックラーメンを食べたわよ」

地元の仲間に薦められたのだ。

「あれ、激カラじゃん。塩分の取りすぎだよ」

まさか、私がそれを指摘されるとは。確かに、黒いスープを一口すすった途端、目玉が飛び出しそうになった。辛い物ばかり食べていると頭が悪くなる、と、はるか昔に母親から言われた言葉が、食べているあいだじゅう頭の中を駆けめぐっていた。

これを食べることを禁止しなければならない患者さんの顔も、数人思い浮かんだ。

全部食べ終えると背徳感が込み上げて、夏樹には黙っていようと思ったのに、さらりと白状してしまった。だから、山は怖いのだ。

「塩分補給よ。ここまでだって、結構、汗をかいたんだから」

嘘ではない。風のおかげでそれほど体はべとついていないが、汗はかなりかいているはずだ。

「まあ、塩分は必要だけど。私はおにぎりで充分。次は、糖分補給っと」

夏樹はおにぎりの包みを袋に戻し、アンパンを取り出した。これも、変わらない。バスケの試合の際にも、毎回、弁当と一緒にアンパンを一つ用意していた。

「ところでさ、なんでアンパンなの？」

不意打ちの質問にとまどう。

「あんたが買ってくれって言ったんじゃないの？」

「それは二回目から。最初は、小学校の遠足でアスレチックに行く時、お母さんがお弁当と一緒に入れてくれてたんじゃん。アンパンはおやつかそうじゃないかでクラスの子たちともめたから、しっかり憶《おぼ》えてる。あの時、アンパンのおかげで元気が出て、私だけ全行程を制覇できたから、次も買ってって頼んだけど、きっかけはお母さんだよ」

そういえば、そうだった。ロープを登ったりできるかな、と夏樹が不安そうにつぶやくのを聞いて、ゲン担ぎのような気分でアンパンを持たせたのだ。

「お父さんのお弁当がそうだったからね……」

言った途端、夏樹が目を見開く。

「お父さんて、誰の？」

「あんたのお父さんに決まってるでしょう」

「初めてじゃん。お母さんが私にお父さんのことを話すの」

「夏樹が自立したら話そうと決めていたから」

「なんで？」

「だって、話したら泣くじゃない。私は夏樹を立派に育ててあげるまでは泣かないって、仏壇の前で誓ってたの」

「気持ちはわかるけど……。私のアンパン好きは父親譲りってことね」

「そうよ。洋菓子と和菓子なら洋菓子の方が好きなのに、なぜか、パンだけはアンパンが一番好きなの。クリームやチョコよりも。アンパンじゃなきゃ力が出ない、って」

「わかるそれ」

しみじみと頷く夏樹を見ながら、とっくに気付いてた、と私も心の中で頷いた。

似ている。似すぎている。

「てか、泣いてないじゃん。お父さんの話をしてるのに」

「あー、かわいくない。腹を括《くく》ってるからよ。今日がその話をする日だって。行くわよ。まだ、半分にも到達していないじゃない。しっかり、案内してよ」

「はいはい」

あきれたように立ちあがりながらも、表情は明るい。鼻歌交じりにゴミだけになった袋をザックに片付けている。アンパンのおかげ、じゃない。ずっと、聞きたかったのだろう、父親のことを。話していれば……、いや、何も変わらないか。

知らなくても、同じルートを選んでいるのだから。

ザックを背負う。そして、下ろす。

「ねえ、ガイドさん、ザックを交換してくれない？　これ、やっぱり重くって」

ミレーの布製ザックを指さす。

「モンスターじゃん。孝行娘として換えてあげるけど、余所《よそ》では絶対やらないでよね。中身も入れ替える？」

「それは、結構」

「じゃあ、重さあまり変わらないと思うけどな。まあ、いっか。ちゃんとした山用がどれほど性能がいいか、確認してみてよ」

夏樹はこのザックをどう解釈しているのだろう。しかし、交換してくれると言うのだから、余計なことは言わずに従う。夏樹が置いたザックを手に取って背負うと、丁寧に肩ひもなどの調節をしてくれた。

軽い。いや、全体的な重さは変わらないけれど、肩に負担がかからない構造になっているのだ、きっと。あらゆるものが日々進化を遂げている。

二〇年、いや、もっとか。そうか、そんなに月日が流れていたのか。

「行くよ！」

威勢のいい声をかけられ、歩き出す。さっきまで自分の背中にあったザックを眺めながら。夏樹は女子としては身長が高い方だとわかっていたが、大学生になって、登山を始めてさらに伸びたのではないか。華奢だと思っていた肩幅がぐっとたくましくなって、バブルの頃の男性用スーツが似合いそうな体形だ。

若い男性ガイドを期待していた登山ツアーのおばさまたちが、女性だと知らされてガッカリしているところに、夏樹が現れたら、案外、ときめいたりするんじゃないだろうか。

何、ガイドになることを前提とした想像をしているんだ？

夏樹が足を止める。右手を向いて、下の方を指さす。

「黒部ダムが見えるよ」

「ホントだ。こんなにくっきり」

スマホを取り出して写真を撮った。

「黒部ダムといえばやっぱり、『黒部の太陽』よね」

「何それ?」

ポカンとした顔を向けられる。

「知らないの? そりゃあ、私の年代でも、映画は昔の印象があるけど、ドラマもあったし。雄山にいた人たちを見たでしょう? おじさま、おばさま、ばっかりじゃない。私だって若い方。あの人たちがみんな、こっちをまわるツアーに参加したら絶対に、ここで『黒部の太陽』の話をするはずよ。あーもう、おばさまたちもガッカリよ」

「おばさま? まあ、確かに大事かも。『プロジェクトX』はチェックしたんだけどな。そっちもネットで見ておくよ」

まっすぐ受け止め、素直に微笑《ほほえ》む。おばさまたちは……、『黒部の太陽』を知らないという夏樹に、嬉々としてあらすじや出演俳優のことを教えてくれるに違いない。

——大勢の人たちが命がけで作ったものを、山は一望させてくれる。あそこにも、ここにも、向こうにも、精一杯生きてる人がいることを教えてくれる。しんどいのは自分だけじゃない。あの景色の中に戻ってもがんばれよ、って背を押してくれる。

——あの景色って、さすがに、ここから宮崎は見えないじゃない。

――もっと高いところに行けば、地続きに見えるさ。

――そんなの、富士山だって無理よ。

あんな会話をしてしまったから、本当にもっと高いところに行ってしまったのかもしれない。

手の甲でグイッと目元をぬぐって、ザックを追った。

「泣いてる？」

背中を向けたままなのに、どうしてバレたのだろう。

「映画を思い出してね」

「お父さんじゃなくて？」

夏樹の声までかすれて聞こえる。泣いているのは、そっちじゃないのか。

「しっかりしなさい。アンパンパワーが発揮されるのはこれからでしょう。真砂岳に着いたら、お父さんとのなれそめを教えてあげるから」

「ホントに！」

はちきれんばかりの笑顔がこちらを向いた。沈んだ声に聞こえたのは、私の気のせいだったのか。山がそういう場所なのか。天気が変わりやすいとはよく聞くが、感情もころころ変わりやすい？　それとも、内面の起伏がストレートに表れてしまう？

歩くペースまで上がっている。

とはいえ、次の目的地は真砂岳だ。標高は富士ノ折立より低く、ゆるやかに下って、ゆるやかに登る、散歩道のようなコースが続いている。スキップしたいなら、させておけばいい。

ここでは、どんな会話をしただろう。そうだ、近所のパン屋に生クリーム入りのアンパンが売っていたことを話したのだ。アンコ入りのクリームパンじゃなくて？　と彼は笑っていた。それは、カスタードクリームの場合じゃない？　そんな、わざわざ山で話さなくていいことを話しているうちに、私の息が上がってしまった。

そこから、あの人は……。

「ちょっと、疲れたから何か歌ってよ」

「何、そのリクエスト。全然、疲れてなさそうじゃん」

夏樹は足も止めないし、振り返りもしない。

「バカね。疲れ切る前に、元気が出ることとするのよ」

「注文の多いお客だなあ。一曲だけだよ」

満更でもない様子で、夏樹は大きく息を吸った。始まったのは、さすがに同じ曲ではない。だけど……。

「なんで、洋楽なの」

あの時と同じ言葉を口にした。同じ答えが返ってくれれば、きっとそれは、山の奇跡だ。

「だって、かっこいいじゃん」

ほら、起きた。クイーンがアリアナ・グランデに変わったことなど、些末な違いだ。

風が強くてよかった。ナイロンジャケットが吸収しきれない水分を乾かしてくれるのだから。

真砂岳に到着した。

「コーヒー、淹《い》れようか」

ザックを下ろしながら、夏樹が言った。明日、劔岳に登るにしては軽装に見えるこのザックの中には、そんなセットも入っているのか。

「ううん、それは別山までとっておく」

「そっか、じゃあ普通にお菓子食べよ」

「それなら」

夏樹の足元にあるザックを引き寄せて開けた。どうぞ、と手渡す。

「チーズまんじゅうじゃん。宮崎銘菓といえば、これだよね。いただき」

包みをはがしてかぶりつく。私も自分のをかじった。お互い、水を飲んで一息ついたところで、さて、と夏樹がニヤニヤしながら向き直る。

「お父さんとどこで出会ったの？」

「高校で。あっちが二年、こっちが一年」

「部活？」

「ううん、体育祭実行委員会。部活はあっちがバスケ部、こっちが陸上部」

「お父さん、バスケ部だったんだ。一緒、一緒。どっちから告白したの？」

「私から」

「やるじゃん」

「ホワイトデーよりバレンタインデーが先だっただけよ」

夏樹はニヤニヤが止まらない様子で、おおっ、と言いながら手まで叩いている。少しでも昔のことを振り返れば、泣いて、弱い自分になったまま戻れなくなるんじゃないかと恐れていたのに、不思議と涙は出てこない。

どうしてだろう、山だからか。

「バスケしてるお父さん、かっこよかった？」

「そりゃあ、もう」

「そっか。生きてたら、一緒に練習してもらえたかもしれないし、試合の応援も張り切って来てくれただろうね……。もしかして、お母さん、お父さんの代わりに車出してくれたりしてた？」

「完全に私の趣味よ。まあ、二人で試合を観に行くとしたら、お父さんが運転したかもしれないけれど」

「そっか、お父さん、私に大学でバスケ続けてほしかったかな」

「それはないでしょう」

「どうして？」

「お父さんも……、山岳部に入ったからよ」

えっ、と腰を半分上げ、砂利の上で落としたコンタクトレンズを探すように、あたふたとしている夏樹を横目に、立ちあがった。これ以上はきっと、重い空気が流れる。そのうえ、強い風のせいで体が冷えてきた。

夏樹が無事、剱岳から下山した後でもいいのではないか。もともと、そうするつもりだったのだから。

「ゴールはここじゃないでしょう？」

職場で出すような声でぴしゃりと言い放つと、夏樹はすっと立ちあがり、腕時計を確認して、肩を回した。同点のまま迎えた、試合の後半戦に挑む前のように。

目指すは別山だ。標高は真砂岳とそれほど変わらない。ルートもなだらかなままだ。ここを無言で歩くのだろうか。それとも、そろそろあの報告をしてみようか。

「あのね……」

「あのさ……」

二人の声が重なった。

「どうしたの？　私はただ、趣味の話をしようとしただけよ」

向かい風に負けないようにやや大きめの声を出す。しばらく間があいた。ペースは少し落ちたものの、夏樹は前を向いて歩き続けている。

「もしかして、お父さんって、山で……」

風が声をかき消したのではない。それを言葉にできなかっただけだろう。

知らないうちに同じ人生を辿っていたことを、単純に喜んでいたわけではなさそうだ。無論、そう思わせてしまったのは、私のせいだということもわかっている。

大きく息を吸った。ゆっくりと吐く。

「山で死んだのは……、私のお父さん、あんたのおじいちゃんよ」

明るい口調で言ってみる。もう、この死は乗り越えたことが伝わるように。

「それで、おばさんも……」

山岳部に入ると聞き、半ばパニック状態になりながら、不自然な流れで帰ってしまった後、姉からも連絡が来た。自分も止めてはみたけれど、二人の問題なのでしっかり話し合え、と。

「姉さんは夏樹に何て言ったの?」

「危険だ、って」

「それだけ?」

「お母さんだって、死ぬじゃない、の一言だったじゃん」

姉妹揃って主張ばかりが強くて説明が足りないと、母親から言われ続けていたことを思い出す。いや、姉からはそれだけで充分だ。言葉を選びつくしてからの一言だったのかもしれない。

「どこの山だったの?」

「こういう、日本百名山ってところじゃない。地元の親戚の持っている山で、マツタケを取ってくるって出て行って、足をすべらせたの。お姉ちゃんが東京の大きな会社に就職が決まったお祝いだ、って。あっ、これは姉さんには内緒ね」

「おばさん、知らないんだ」

「もしかすると、お葬式の時、誰かから聞こえてきたけど、知らないふりをしているのかもしれない。でも、確認することじゃないでしょう」

「その山には行った?」

「親戚のおじさんに案内してもらって、母さんと姉さんと一緒に現場に花を供えに行ったけど、そこまで急斜面ってわけじゃなかった。そういう、なだらかな、何百メートルって山でも命を落としてしまうのに、何千メートル級の、しかも、岩場や急斜面がある山なんて……、待つ方は恐ろしいに決まってるじゃない」

「待つ方、か」

夏樹の声のトーンが若干、下がったような気がする。心なしか、ザックを背負った背中も前かがみになっているような。

「お父さんが山岳部に入った時は？」

「東京の大学に行ったから、ゴールデンウイークに遊びに行って。そこは、姉さんに感謝よ。大学に連れて行ってもらって、山岳部に入ったって聞かされて……」

「帰っちゃった？」

それは、夏樹があまりにもあの人の人生をなぞりすぎていて、怖くなってしまったからだ。

「ううん。泣いて説得した。父さんが死んでまだ三年も経ってなかったから」

「お父さんは？」

「死と隣り合わせなのは山だけじゃない。なら、まだ自分が見たことのない世界を覗いてみたい」

「へえ……」

「あんた、今、ちょっとかっこいいって思ったでしょ。そっちの人だから」

「そっちって、どっちよ」

「いってきます、の人。私は、いってらっしゃい、の人。だから、言ったの。絶対に、ただいま、と帰ってくるって約束して、って」

「そうしたら？」

「ちゃんと、無事帰ってきた報告をしてくれた。もともと遠距離だったし……、私が東京に進学するのは経済的に厳しかったからね。電話と絵葉書」

「それって、お父さんの行動パターンを天然でなぞってる私なら、山に行った報告をちゃんと送ってくるだろうって信じたから、山岳部に入るのを許してくれたってこと？」

美談に持っていくつもりはない。正直に打ち明ける。

「いや、夏樹の場合は、私が許可しなかったら山岳部に入るのをあきらめるんじゃなくて、黙って行くだろうなと思ったからよ」

「ひどい」

「実際、新歓合宿、行ったじゃない。それよりは、ただいま、って報告してくれる方が安心でしょ。要は、私が折れてあげたのよ。寛大な心でね」

「はいはい」

「手紙は嬉しかった。山での楽しそうな様子や、山そのもののすばらしさが伝わってきて、いつのまにか、不安よりも、次はどこに行くんだろうっていう気持ちの方が勝るようになっていた。文章で山のすばらしさを伝える、という点では、夏樹の勝ち」

前を向いたままの夏樹の表情は見えない。だけど、作文でもらった賞状や、バスケの試合で優勝してもらったメダルを私に見せてくれた時と同じ顔をしているに違いない。

新聞記者になりたいという夢を応援していたのに。

それをここで口にしてしまうと、笑顔は一瞬でくずれさってしまう。

母親と父親、一人で二役こなせるように努力してきた。運動会のリレーでちゃんと走れるように、早朝、走りに出ていたことを、夏樹は気付いているだろうか。車の運転も、初めから得意だったわけではない。東京の大学へ行きたいと言われた時も、睨《にら》んだからといって金額が増えるわけでもない通帳を、いったい何時間眺めたことか。

だから、親の望む職業に就きなさい。それは、間違っている。

夏樹の人生は夏樹のものだ。

私だって看護師になることを自分で決めた。ただいま、はいいけれど、ケガをして帰ってくるかもしれない人を、強く迎えられるように。

——誰かの命に寄り添う仕事をしたい。

ゆるやかな登りに差し掛かる。目的の場所は、もうすぐだ。

足が止まった。息も上がっていないし、疲労が蓄積したとも感じないのに。

「どうしたの?」

夏樹が振り返った。

「ちょっと疲れたかな」

「休憩する?」

「水分と塩分の補給をしようかな」

それが原因かはわからないが、補給しておくに越したことはない。幸い、通行をさまたげてしまうような人の姿も見当たらない。ザックを下ろすと、ちょっと貸して、と夏樹が引き寄せた。

「干し梅作ったんだ。おばさんが漬けたおばあちゃん直伝の味を、私がさらにパワーアップさせた」

目の前に蓋を開けた小瓶を差し出された。母が漬けた梅干しを分けてもらって作るおにぎりが夏樹は好きだった。母が死んで、もうそれもできなくなったと思っていたのに、まさか、継承者がいたとは。

「かっら！」

そうだ、酸っぱいというより、辛いのだ。それをおやつ代わりに姉とつまんでいると、決まってあの、頭が悪くなる、という母の台詞《せりふ》が出たのだった。

「これは、塩分取りすぎじゃない？」

「ブラックラーメンを食べてきた人に言われたくないよ」

夏樹が笑う。ガイドになれば、この干し梅も名物の一つになるのかもしれない。

「ねえ、夏樹、どうしてガイドなの？　あんたは文章が上手いんだから、何も、少数の人を案内しなくても、新聞や雑誌で山のよさを大勢の人に紹介することだってできるじゃない」

「そのつもりだったんだけど……。年に一度、部で冊子を作っているじゃない」

「それぞれが自分の登山記を書いたものね。あれも、夏樹のが一番いいわよ。親バカかもしれないけど」

「ありがと。あれって、ちょっとでも部費の足しになるように、学祭で売ったりもするの。三〇〇円だけど。そうしたら、まったく知らない人から私宛に手紙が届いて。私が書いた山で息子さんを亡くした、なんて内容だったから驚いた。息子がどんなところで死んでしまったのか、知りたいけど、登山はできない。ただただ危険なところで死んだという思いばかりが強くなり、山を始めたと知った時、もっと強く引きとめればよかったと後悔した。どうして、そんな恐ろしいことに挑むような子になってしまったのか。現実逃避がしたかったのなら、それは、自分の育て方に原因があったんじゃないか。そうやって、自分を責めて後悔ばかりしていたところに、親戚の人が冊子を持ってきてくれて、私の記録を読んだんだって。自分もその山に登ったような気持ちになれた。息子が登山を好きになった気持ちも理解できたような気がする、って。それで、この記録をもっとリアルに想像できるように、山岳ガイドの方に依頼して、その山を間近に眺めることができる、自分たちでも登れる山に案内してもらうために、トレーニングしています。最後に、ありがとうございます、って締めくくってあった」

かけたい言葉は喉元までせり上がっているが、うん、とだけ頷いた。

「自分の書いた文章が誰かの救いになるなんて、考えたこともなかった。楽しんでもらえたらいいとか、そういう気持ちしかなかったから。でも、それ以上に、手紙の中で印象に残ったのが、山岳ガイドがこういう人を山に案内することもあるんだってこと。むしろ、山が好きな人は自分で登るだろうけど、登山の習慣はないけれど何か事情がある人の方がガイドを頼るんじゃないかと思う。そういう時に、自分なら、その人たちが登れない山、ただ眺めて想像するしかない山を、よりリアルに思い描く手伝いができるんじゃないかと思ったんだ。おこがましいかもしれないけどさ」

夏樹が肩をすくめた。テレることはない。夏樹なら伝えられるはずだ。しかし、それにも黙って微笑み返した。私が何か言うのは、この山で、この子が胸の内を全部さらけ出してからだ。

「お母さんは看護師じゃん。お父さんも消防士だったんでしょう。私も人の命に寄り添う仕事をしたい」

ドキリとした。ああ、と両手で口を覆ってしまう。あの人はずっと、夏樹に寄り添っていたのではないか。なのに、夏樹は納得できない表情で、首を傾《かし》げている。

「これは違うかな……」

夏樹は空を見上げた。おそらく、自分の心により素直に沿う言葉を探すために。私はもう充分だというのに。それでいい、その言葉がほしかったのだ、と言ってしまいたい。

「仕事をしたいんじゃないんだ。私自身が人の命に寄り添える人間になりたい」

完敗だ。

あんなにもせり上がっていた言葉が、潮が引くようにいっせいに喉から下がり、今度は何も出てこない。いったい、私は何を言おうとしていたのか。

「以上、プレゼン終了です」

夏樹はおどけるように敬礼ポーズをして、立ちあがった。

「ジャッジは別山頂上に着いてから、お願いします」

そう言うなり、私と目を合わせようともせず、急いでザックを背負い出した。私も同様に続く。

夏樹が登り坂に向かって一歩を踏み出す。私の足も前に……、出た。むしろ、今日歩いてきたどの行程よりも体が軽く、自然に足を踏み出せる。

目の前には、ミレーの布製ザックがある。私はそれについていく。私を引っ張るその背中は、もうあの人のものではない。娘の、夏樹のものだ。

別山山頂に到着した。

目の前に聳《そび》えているのは、黒い鋼で作られた要塞のような山、剱岳だ。

「コーヒーを淹れるね」

夏樹が言う。うん、とつぶやいたものの、私は目の前の光景から視線を外すことができない。変わらない。何も変わっていない。

「お母さん、ザック」

「ああ、そうか」

コーヒーを淹れる道具は私が背負っているザックに入っているのだ。急いで下ろして夏樹に渡し、代わりに夏樹のザックを受け取った。それをそのまま抱きしめる。

最新型のバーナーはコンパクトながら火力は強いようで、二人分のお湯はあっというまに沸いた。インスタントコーヒーかと思いきや、ネルドリッパーを取り出した。これも、コンパクトに畳める山用らしい。心地よい香りが広がる。

どうぞ、と取っ手の部分が赤色のカラビナになっているカップを渡される。夏樹のカップの取っ手は緑色だ。

二人で剱岳の方に向かい、並んで座った。

「お母さん、もしかして一度、ここに来ていない？」

不意に言われてドキリとする。今からそれを打ち明けて驚かそうとしていたのに。

「どこでバレた？」

「最初は、しっかり下調べしてきてるんだなって思った。私の揚げ足を取って、ガイドをあきらめさせる作戦かな、とか」

「そこまで性悪じゃないわよ」

「わかってる。でも、歩いているうちに、反応がなんというか、一度ここに来たことがある人みたいだなって。次の登りがどの程度で、全体のコースを歩くのにどれくらい時間がかかるか予測できていて、自分でペース配分しているんじゃないかな、って」

「それは、かいかぶりすぎよ。私はただついて歩いていただけ。ペース配分が上手いのは夏樹の方よ」

「そっか……。でも、ここに来てることは確かなんだよね」

「そうよ。ちょっと期待してるだろうけど、その通り。お父さんと来たの」

「やっぱり！」

「向こうが大学四年生、私は看護学校を出て、当時は准看として県立病院に勤務して一年目。地元に帰る前に、私に自分の一番好きな山を見て欲しいって」

夏樹がスッと目の前の山に視線を遣る。

「それで、ここに。でも、よく行こうと思ったね。今よりずっと山が怖かった時期でしょう？」

「遠足くらいのコースだから大丈夫。あと、下山したら、ヒルトンに泊まらせてあげるって言われたらねえ」

ティファニーのペンダントを買ってもらって、ヒルトンホテルに泊まる。今考えればバカみたいだけど、あの頃はそれが極上の都会のデートだと憧れていた。

「そうだ、ヒルトン。明日もそこだよね。どこにあるの？　そっか、お父さんが大学生の時なら、東京に戻るって手もあるのか。そこでディナーを食べて、プロポーズとか」

「バカね。ディナーは食べたけど、プロポーズするなら、もっと素敵なところがあるでしょう?」

夏樹は数秒首を傾げ、ハッとしたように再び目の前の山に目を遣った。

「ここで?」

「正解」

「ワオ!」

外国人のような声を上げて手を叩く。何て言ったの? 立って、座って、いや、剱岳をバックにひざまずいて? 大はしゃぎだ。さすがに恥ずかしくなってくる。

「ここに、こうやって並んで座って、コーヒー飲みながら。インスタントだけどね。普通に、結婚しよう、って」

「おおっ、それで? オッケーです、って答えたの?」

「そういう展開になるかなとも予想していたから、迷わず返事をするはずだったんだけど、この山を目の前にしたら、なんか、いいのかな、と思って。本当は東京で就職して、週末に登山をするような生活を送りたいのに、私のせいで地元に帰ることにしたんじゃないか、とか」

「それで?」

「無理だよ、って言っちゃった。なんか剱岳って磁石みたいじゃない?」

「わかる、それ」

「ファーストインプレッションは、人を寄せ付けない、難攻不落の要塞って感じなのに、じっと見ているうちに、ものすごく強い力で吸い寄せられるような気分になる。山が苦手な私でも目が離せないのに、山好きの、ましてや、そこに登ったことがある人なら、簡単に離れられないんじゃないかな。地元に戻っても、気持ちはずっとこの山の方に向いているかもしれない。そう伝えたの」

「お父さんは何て？」

地面にカップを置いて立ちあがった。右手を心臓の上に当てる。

「ここにあるから大丈夫。どこの山での経験も、そこで感じたことも、すべて自分の中にある。それを持って、生まれ故郷に帰って、誰かの命に寄り添う仕事をしたい」

夏樹が自分の胸にそっと片手を当てた。

「でも、千秋が剱岳をそんなふうに感じてくれたのは、本当に嬉しい。連れてきてよかった。今度は二人で剱岳に登ろう。俺が案内するから」

「お父さん、かっこいい。それで、今度こそ、オッケーしたわけね」

苦笑交じりに頷いて、腰を下ろした。

「なのに、剱岳には連れていってもらえなかった。誰かの命と引き換えに、自分の命を差し出してしまったから。生きていくために働いているはずなのに、その仕事で命を落としてしまうなんて。私も人の生死にかかわる仕事をしていると言えるかもしれないけど、他人の命を救うために、自分の命は差し出せない。お互い、この世で一番わかりあえていると信じていたけど、あの人の死生観は理解できていなかったのかもしれない。彼と私の違いは何だろうって、考えて、考えて、山だと思った。山に行くと、死が怖くなってしまうのかもしれない。だから、夏樹が山岳部に入ったと知って、怖かった。死を恐れない人になってしまったらどうしよう、って。遭難するとか、そういうことよりも、あんたの死生観が山に影響されるのが怖かった」

「私は……、死ぬのは怖いよ」

「うん、わかってる。夏樹が教えてくれたから」

「私が？　何か言ったっけ？」

本当にわかってなさそうだ。

「誰かの命に寄り添う仕事、じゃなくて、寄り添える人間になりたいって言ったでしょう。そういうことか、って。あの人は消防士だったから命を差し出したのではないし、山岳部だったから死生観が変わったのでもない。もともとそういう人間だったんだ、って。そして、夏樹もきっとそうなんだろう、って。じゃあ、私はいってらっしゃいって送り出すしかないじゃない。いざとなったら介抱してあげる、なんて強がり言いながら、救急箱の準備して」

「じゃあ、ガイドになっても？」

剱岳を見て、ミレーの布製ザックを見て、そして、夏樹の顔を見て、ゆっくり大きく頷いた。

「私がお母さんを剱岳に連れていってあげるから」

夏樹は誓いを立てるように、剱岳に目を遣った。

「ありがとう。それまでに、私もいろんな山に登ってトレーニングしておくから」

「はっ？」

目も口も大きく開けた夏樹がこちらを向く。

「先月から地元の登山サークルに入ったのよ」

「何を思って？」

「入院している患者さんが、ベッドの脇に山の写真を飾っていてね、おばあちゃんって言ったら失礼に当たるけど、まあまあ高齢の人。うちの娘も登山をしているんですけど、待ってるこちらは不安ばかりで、なんて話したら、あなたも一度やってみたらいい、って。娘さんの気持ちを想像するだけよりも、同じ経験を一度でもしてみた方が理解できるんじゃないかと言われて、サークルを紹介してもらったの」

「……で？」

「まだね、週に一度、みんなで神社の石段の上り下りなんかをして体力作りしてるだけなんだけど、立山に行くって言ったら、いろいろと道具のアドバイスなんかしてくれて。黒部ダムの写真を撮ってきてほしいとか、素敵な手ぬぐいがあったら買ってきてほしいなんて頼まれちゃったりもしたわけよ」

「それは、楽しそうで……」

「でね、来月、ついに、高千穂峰《たかちほのみね》に行くの。坂本龍馬が新婚旅行で登った山なんだって」

「ちょっと待って。それって、ちゃんとガイドの資格を持っている人が案内してくれるの？　ちゃんと調べたことないからうろ覚えだけど、確か、火山エリアの一つじゃなかった？　活火山の。え、待って、大丈夫なの？」

　このうろたえぶりは見憶えがある。陣痛が始まった時のあの人も、こんなふうにそわそわしていたっけ。

「明日、剱岳に一人で登ろうって子が、何、地元の初心者向けの山に登るだけの母親を心配してるのよ」

「いや、だって、お母さん、うっかりなところもあるし、転んで手首でも捻ったらごはんを食べるのも困るじゃない……、何がおかしいの？」

しまった。笑いを止めることができない。

「今言ったこと、そのままお返しします」

「そう、だよね……」

「安心して、ちゃんと報告するから」

今度は先に、夏樹が笑った。

「でも、剱岳を案内するのは私だからね」

「はいはい、お願いします」

結婚を第二の人生と呼ぶのなら、これは、第三の人生の始まりか。

「じゃあ、行こうか」

夏樹は立ちあがると大きく伸びをして、肩を回し、ミレーの布製ザックに手を伸ばした。

「もういいの」

そのザックを私が持ち上げる。

「小屋まで私がそっちを持つよ」

「いいの。もともと、そこまで重くなかったし」

「何それ？　まあ、お母さんの小屋まではもうすぐだし」

そう言って、夏樹は自分のザックを引き寄せた。体に合わせてひもの調節もしている。

今日は各々違うところに泊まる。私は別山乗越《べっさんのっこし》にある剱御前小舎《つるぎごぜんごや》に、夏樹は剱岳の麓にある剣山荘《けんざんそう》に。小屋前で別れる時に渡そうかと思っていたが、今でもいいかもしれない。オレンジ色の縁取りのついたザックのポケットから、白い紙袋を取り出して、夏樹に差し出す。

「何、御守?」

「雄山神社で買ったの」

夏樹が袋から中身を取り出した。

「すごい、『登山御守』って書いてある」

袋に戻さず、ザックの脇に早速結び付けた。それを背負って、御守が私の方に向くように立つ。

「どう?」

それは、小学校の入学式の日の朝にランドセルを背負った時の顔じゃないか。

「バッチリ」

親指を立てる。

「その顔とポーズさ、運動会のリレーで走る前と一緒じゃん」

そうか。今の私はもういってらっしゃいの顔ではなく、自分が勝負に挑む時の表情になっているのか。

「かっこいいでしょ」

そう言って、私もザックを背負った。二人で、もう一度、剱岳を眺める。

互いに今日見せ合った表情も、この先に訪れる場面で重なり合うに違いない。

# 娘、再び

早起きは昨日の比ではない。午前三時にスマホのアラームのバイブ音が鳴ったと同時に止めて、音をたてないように身支度をすると、静かにベッドを出た。

しかし、半数以上の人たちがすでに起きている気配がある。これから、剱岳を目指す人たちだろう。

行きと帰りのルートが同じ、日帰りピストン登山をするため、雨具など、必要なものだけをサブザックに入れ、残りの荷物は小屋に置かせてもらう。一階の、荷物棚があるところに行くと、すでにいくつか並んでいた。

棚にザックを置いて、忘れ物に気付く。登山御守を外して、サブザックの内ポケットの中にそっと入れた。岩場が多いため、ストックもいらない。受付で注文しておいた弁当を受け取れば、出発だ。

「ちょっと、失礼」

後ろから声をかけられた。シュッと背の高い、頭にバンダナを巻いた、おじいさんとは呼び難い、ダンディなおじさんが立っていた。荷物を置きたいようだ。

すみません、と棚の前を譲った。と、おじさんのザックに目が留まる。一瞬、私の荷物を動かしているのだろうかと錯覚してしまう。だけど、あれは昨日背負っていたものだ。私のザックはゴアテックスの黄緑色で、カラフルな縁取りのある布製ではない。

「このザックは……」

「ああ、これかい。もう三〇年使っている古い型なんだけど、気に入っててね」

「かっこいいです」

「そうかい、ありがとう」

おじさんは笑いながら頭を掻いた。

サブザックを背負い、小屋から出て、靴ひもを締める。まだ、太陽は顔を出していないけれど、空はほんのり青白い光を帯びている。雲ははるか眼下にあり、空にあるのは月の抜け殻だけ。雨の気配はない。

さあ、行こう。一歩を踏み出す。

まずは一服剱《いっぷくつるぎ》を目指す。そこで、陽が昇っていたら、弁当を半分、朝ごはんのぶんだけ食べよう。

母はまだ寝ているはずだ。いや、別山乗越からご来光を拝もうと、すでにスタンバイしているかもしれない。

剱岳から下山後は、剣山荘から昨日、母と別れた別山乗越にある剱御前小舎まで引き返し、そこから雷鳥沢まで一気に下る。一時間半程度の、特に難所のない下り道とはいえ、母を一人で歩かせるのは心配なので、剱御前小舎で待ち合わせをしようと提案した。

が、即却下。剱岳を眺めながら何時間も心配し続けるのは心臓に悪い、と言われた。

雷鳥沢まで下りれば、みくりが池をぐるりとまわる散策コースもあるし、いくつかある宿泊施設の中には、宿泊客でなくても利用できる温泉もある。そこで、ゆっくり待ってくれていた方がいい。

私を案じながらではなく、父との幸せな思い出に浸りながら。

一服剱にはすぐに到着した。日の出はまだだけど、ちょうどいいスペースがあるので、食事をとることにする。ごはんがおにぎりになっているのがありがたい。

「ああ、ここで食べてもよかったなあ」

背後から声がした。荷物置き場にいたおじさんだ。小屋でお弁当を食べてきたようだ。

「お先に。すぐに追いつかれるだろうから、また後で」

「ありがとうございます。お気を付けて」

中学生の孫に借りてきました、といったスポーツメーカーのリュックを背負っているおじさんの背中を見送り、箸を持ち直した。

それにしても、ミレーのカラフル縁取り布製ザック。あれは、タウン用ではなかった。もしかすると、父が使っていたものかもしれない。

登山サークルの人がザックを貸してくれるとしても、さすがに、三〇年前のものは自分で愛用してはいても、他人には貸さないだろう。新しい型のを持っている人は、周りにたくさんいるはずだから。

母は父を立山に連れてきたのだ。二人の思い出の場所を再び歩くために。

二人で決断するために。

私に背負わせた理由もやっと理解できた。見た目ほど重くなかったし、背負い心地も悪くなかった。それどころか、肩にポンと両手をかけられたような重量感に元気づけられる思いが湧き上がるほどだったのに。

途中で、やっぱりいい、と言われなかったのは、私の後ろ姿がちゃんと父のそれと重なっていたということだろうか。そうであってくれたらいい。

あのザックがほしい。うん、あれを背負っていろいろな山を歩きたい。しかし、母は譲ってくれるだろうか。要、交渉だ。

その前に、出発だ。

眼前の前剱《まえつるぎ》には、ヘッドライトをつけた人影が垂直に近い岸壁にへばりついているように見える。これから自分もそこにへばりつくのだ。

ガチャガチャと考えるな。頭の中から余計なものを取り除き、五感すべてを使って剱を感じ、体全体に取り入れろ。ここで得た感覚を、岩のひと欠片《かけら》ぶん、風のひと吹きぶんでも多く、地上に持って帰れるように。

ここを訪れることが難しい人に、その魅力を伝えられるように。自分が登り、見てきたかのような気分を抱いてもらうために。

ここに踏み入らせてもらえることに、感謝の気持ちを込めて。

どうか私を受け入れてください、と一歩を出す。

ガレ場を歩くと、前剱大岩の辺りから鎖場が登場する。

鎖場にはそれぞれ番号が打たれた札がつけられている。全一三カ所で、登りは一〜九番だ。幸い、すでに辺りはヘッドライトが必要ないくらい明るくなっている。

鎖に依存するな。鎖はあくまで補助的役割で、これに全体重を預けて利用するものではない。自分の両手両足、この四本のうち三本でバランスをとりながら進む。

剱岳の鎖場はこれが初めてになるけれど、私は鎖場が嫌いではない。

むしろ、岩場は大好きだ。それを、登山をしない友人などに話すと、皆、わけがわからない、と言う。興味がないなら「へえ、そうなんだ」くらいで流してくれればいいのに、なぜかと理由を知りたがる人もいる。これは、付き合い始めてまもない彼氏に多い。たいした分母ではないけれど。

自分の手と足を使って登っていることを実感できるから、かな。などと答えるとそれなりに納得してもらえるけれど、そもそも好きや嫌いは理屈ではない。

岩場を前にすると、ワクワクする。手や足の置き場を想像する。星空を見上げると、知っている星座が自然とラインで結ばれるように、岩場に私用のルートが浮かぶ。あの美しいライン通りに登れるだろうか。

試してみたい。ただ、それだけだ。

鎖場は、登りと下りが別ルートになっているのもありがたい。

すでに両手では足りないくらいの人が通過しているのに、鎖も岩も、ひんやりと冷たかった。一手ずつが心地よい。つまさきが数センチひっかかるだけのわずかなくぼみに足を乗せ、体を持ち上げる。

雨天中止の判断は正しかったことを知る。

一カ所ずつ鎖場を攻略すると、それほど鎖に依存していないはずなのに、鎖のない斜面を見た時、ここはナシか、と少しおののいてしまう。慎重に、慎重に……。ここは時間を競う場ではない。前後の人たちとの距離を保ち、鎖を譲り合う。

陽も昇り、平蔵《へいぞう》の頭《ずこ》に差し掛かる。頭というからには丸い形状なのだろうと、顔の方から登るイメージで進んでいく。

平蔵さん、あなた、絶壁だったの？

登ったことに安堵して少々気が抜けてしまっていたのか、下りの急斜面に面食らう。平蔵さんの絶壁は、登山者に事前に伝えておくべき重要事項だ。気を入れ直して下ると、ついに現れた。

剱岳といえば、の代名詞ともなるカニのタテバイだ。垂直に見える壁に、幾人かの登山者たちが間隔をあけて取りついている。ガイドにロープで引っ張り上げてもらっている人もいる。そうか、このレベルの人も挑むのか。

私が剱岳を案内できるレベルのガイドになれるまで、何年かかるだろうか。

母はそれまでに、自力で登れるようになるかもしれない。地元のサークルの人たちだけで行ってみようなんてことになったら……。

背後から、カランカランと音がした。どうやら、誰かがヘルメットを落としてしまったようだ。カニのタテバイに挑む前に、途中でズレてしまわないよう、調節し直そうとしたのだろうか。

オレンジ色の蛍光カラーのヘルメットは広い雪渓を転がり落ち続ける。もう回収は無理だ。カランカランとどこまでも、雪のくぼみにひっかかることもなく、速度が落ちることもなく。タテバイ待ちの人たちが皆、それを目で追っていた。きっとそれぞれに、気を引き締め直していることだろう。

いよいよ、私の番がやってきた。要所、要所にボルトが埋め込まれている。鎖と同じく、何人もの体重を支えてきたはずのそれに、依存してはいけない。

岩肌に手を添える。母が昨日、剱岳を「磁石のようだ」と言ったことを思い出す。岩が手のひらを吸い込もうとしてくれているような感触だ。

行ける！　岩と同一化するほどの近距離では、ラインは見えなくなる。代わりに、次はここ、次はここ、といった感じで、手や足を置く位置に順番にライトが灯る感覚になる。それに従って手足を動かし、三点で支えながら体を動かしていくと、カニのタテバイは終了した。

楽しかった。それに尽きる。

あとは、標高二九九九メートルの頂上に向かってラストスパートだ。体力は充分にある。一気に駆け上がりたいような気分ではあるけれど、ここからは一方通行でなくなる。すでに、頂を踏んできた人たちが下ってきているため、狭い道を譲り合いながら、ゆっくりと登る。

最後の岩場を、前の人が余裕を持って登れるように足を止め、なんとなく、後ろを振り返った。雲の向こうに浮かんでいるように見えるのは……。

富士山だ！

これはいったい何のご褒美なのか。心が沸き立つまま、頂へと足を進めた。

ああ、到着だ。祠《ほこら》が目に留まる。

無事、ここに立たせてくれてありがとうございます。手を合わせて、次の登山者に祠の前を譲り、登っているあいだは見えなかった日本海側の景色が眺められる場所に腰を下ろした。

「お疲れさま」

後ろから声をかけられる。布ザックのおじさんだ。途中、追い越さなかったので、先に到着して別の場所で休み、こちら側にまわってきたのだろう。

「お疲れさまです」

「富士山は見えたかい？」

「はい。劔岳から見えるとは知らなかったので、感激です」

「劔は何回目？」

「初めてです」

「ほう、それは運がいい。僕は今日でちょうど一〇回目だけど、富士山が見えたのは初めてだよ。晴れだから見えるわけでもないからね」

マックスに跳ね上がっていると思っていた気持ちがさらに上がった。

父は劔岳から富士山を見たことがあっただろうか。その話を母にしたことがあるだろうか。

いつまでもここにいたいけれど、特等席はそれほど広くない。

三六〇度、しっかりこの景色を目に焼き付けて、太陽と風の仲のよさを肌で感じ取って、下山しよう。

まだ、カニのヨコバイや鎖場が残っているし、劔岳での事故は、そういった名のついた難所でよりも、前剱辺りの下りで多いと聞く。ゆっくり慎重に歩いて行こう。

おかえりなさい、と言ってくれる人のもとへ――。

## 母、再び

一本道のゆるやかな下り坂とはいえ、一人で歩くことに不安がなかったわけではない。しかし、いざ出発しようと小屋から出ると、思いのほか人がいた。立山で見かけた登山者たちよりも、もっと重装備で歩き慣れたふうの人たちが。ザックの外側にヘルメットを下げている人も。

「剱岳に行かれたのですか？」

小屋の前でくつろぐ、私よりやや年上と思しき男性三人組に声をかけてみた。

「ああ、昨日登ってきたよ。剱澤小屋に泊まって、ここまで上がってきて、立山をまわって下りるか、雷鳥平を下りるか、検討中でね」

三人の表情には充足感が溢れている。昨日眺めた景色の中にこの人たちがいたのかもしれない。そう考えるだけで親近感が湧いた。

「あなたのそれ、どこで？」

三人組の別の男性に訊かれる。視線は私のザックの脇にあった。昨日、夏樹に渡した御守を、自分用にも買っていて、一人下山への願掛けに昨晩結び付けたのだ。

「昨日、立山を歩いてここまで来たんですけど、途中の雄山神社で買いました。あれ、授かりましたって言うんですかね。頂上でご祈禱も受けたんですよ」

「登山御守、俺もほしいな」

もう一人の男性が言い、三人の思いは決まったようだ。

「ところで、劒岳の往復ってどのくらいかかりますか？」

立山のことは思い出を辿りながらしっかり調べてきたものの、劒岳の詳しい情報までは知らない。

「うーん、我々はのんびり派だけど、コースタイム通りに歩ける人なら、早朝に出発して、昼前には下山してるんじゃないかな」

「そんなに早く！」

夏樹から午後三時の待ち合わせを提案されたから、のんびりしていたものの、それは、混雑していたり、体調不良などのアクシデントが起きた場合に備えてだったのかもしれない。

三人にお礼を言い、早速下山を開始した。前後に人の姿が見えるのは心強い。

不安が軽減されるのは、目的地である雷鳥平が眼下に広がっているから、とも考えられる。

前回は、別山で劒岳を二人で眺めた後、別山乗越は劒岳を名残惜《なごり》しんで数分立ち止まっただけで、そのまま下山した。これからずっと、この背中を見ながら人生という道を歩いて行くのだ、という思いで満たされていた山道で、不安が生じる理由は何もない。

山に来るまでは、東京のヒルトンに泊まることを楽しみに、山はそのための我慢なのだくらいに思っていたのに、雷鳥平が近付いて見えるごとに、もっと、この立山の自然の中に自分を置いていたい気持ちが膨れ上がってきた。

立山にも高級そうなリゾートホテルを始め、宿泊施設は複数ある。雷鳥平にはキャンプ場があるのか、テントもいくつか見えていた。

今日はここに泊まって、ちょっといい服に着替えてリゾート気分で池の周りを散策し、明日はゆっくり黒部ダムの見学をしてから、東京に行きたかった。

そんな思いが湧き上がり、しかし、それを口にしていいものかどうか迷いも生じた。ヒルトンの当日キャンセル料なんて、とてつもなく高いに違いない。そのうえ、ディナーの予約も入れていたら?

結局何も言えず、黙って背中を追いかけ、せめてこの景色を一分一秒でもしっかりと目に焼き付けておこうと眼下を凝視したところ……。

——ねえ、あのテント、おかしくない?

そう口に出さずにはいられないテントが目に留まった。視力はいい方だ。

あの人が足を止めた。二人並んで雷鳥平を見下ろす恰好で、私は手を伸ばして指さした。

テントそのものは深緑の三角タイプ、オーソドックスなものだ。しかし、そこに、クリスマスツリーにつけるような金銀のモールや、運動会の入退場門につけられる紅白の紙の花らしきものが飾られている、ように見えるのは気のせいか?

——これはまた……。

あの人がつぶやいた。

——よし、ラストスパート、行こう！

そのテントに対する説明はなく、彼は前を向いた。わけのわからない私は口にしたいことがいろいろあったものの、少しペースアップした状態では、余計な体力を使っている場合ではなくなった。

キャンプ場はそれほど込み合っていないのに、その派手に装飾されたテントは他とは少し距離を置いた端の区画に立てられていた。入り口は歩道に面しておらず、人の姿も見えない。

あの人はテントの手前、五メートルほどのところで足を止めた。

——こちらが本日の宿泊地でございます。

何かの映画で見た、高級ホテルの従業員のようなうやうやしいおじぎをし、歩を促す。何これ？　どういうこと？　頭の中はパニック状態なのに、言葉が出ない。モールと紙の花で飾られたテントサイドから目が離せないまま、テントの正面、入り口側にゆっくりと足を進めた。

テントの支柱を支える二本のロープに金色のリボンが渡してあり、そこにピンク色の風船が四個結び付けられている。風船には黒いマジックで太い文字が一つずつ書かれている。

ヒ、ル、ト、ン。

——あいつら、張り切ったなあ。

いつのまにか後ろに立っていたあの人は、嬉しそうに目を細めていた。

現物を見せた後は、こちらが訊く前に種明かしをしてくれた。あの人の所属する山岳部では、同期メンバーが山でプロポーズをしたり、新婚旅行に訪れる際は、仲間たちで「ヒルトン」を用意するのが、慣例になっているらしい。いつの代から始まったのかわからないくらいの「伝統行事」なのだと。

――中もどうぞ。

おそるおそるファスナーを開けた。テントを設置した仲間たちが飛び出してくる心構えでいたが、中は無人だった。その代わり、色とりどりの大きく膨らませた風船が詰まっていた。一つずつにメッセージが書いてある。これは、同期だけでなく、先輩や後輩、部の顧問の先生や、行きつけの食堂のおばちゃんなど、集められる限りの人から募っているそうだ。

末永くお幸せに、というものから、下ネタ、下ネタ、下ネタ……。笑うしかない。

――もし、私が断っていたら？

当時はまだ、携帯電話は一般的に出回っていなかった。持っていたとしても、山でも電波が届くものではなかったはずだ。合宿では無線機を用意していた、と聞いたことがあったが、ザックの膨らみ方は、そういったものが入っているようには見えなかった。

別山乗越から、手旗信号？　こちらがいろいろ思案したのに、答えは単純だった。

――そんなこと、まったく考えていなかった。

仲間たちは設営したら、とっとと撤収するのだとも教えてもらった。笠ヶ岳か黒部五郎岳にでも行ったんじゃないか、そういえば、雲ノ平というところがあって……、などと張り切って地図を広げられ、また新しい山の名前を知ることになる。

テントの中には、ディナーの材料も揃っていた。レトルトのカレーとハンバーグ。お米はこちらで炊くようだ。テントの入り口と同じリボンのかかったシャンパンのボトルも一本あった。

そして、アンパンも。

ヒルトン、最高じゃないか。

雷鳥平に到着した。ゆっくり温泉につかっているヒマはない。

さあ、ヒルトンの準備だ。

テントや装飾品は、室堂ターミナルのロッカーに入れてある。装飾品を百均で全部揃えられたのは、便利なようで、ちょっと物足りない。ハート形の風船まで売っていた。メッセージは全部私が書けばいい。

ディナーのメニューも同じだ。だけど、レトルト食品も進化した。ステーキカレーと名のついた金色の箱に入ったレトルトカレーの値段を夏樹が知ったら、あきれかえるに違いない。だけど、それでいいじゃないか。

ヒルトンのディナーなのだから。

新しい旅立ちを祝福する日なのだから――。

# 武奈ヶ岳・安達太良山

# 武奈ヶ岳

拝啓　桜井久美様

お元気ですか？　と軽々しく訊《たず》ねることが憚《はばか》られる世の中になってしまいました。

でも、イーちゃんは社会情勢のことよりも、いつと比べて元気かと訊《き》いているんだ、と大学卒業以来三〇年間、ほぼ年賀状でしか連絡をよこさなかった私から、いきなり馴れ馴れしい口調で手紙が届いたことに対して、あきれているかもしれません。

旧姓の飯田《いいだ》に由来するあだ名で呼びかけていることにも。

この手紙を書こうと思ったのは、日本中の多くの人が現在そうであるように、家でじっとしていなければならない時間が、突然、ぽっかりとできてしまったからです。だけど、決して暇つぶしというわけではありません。

今の気持ちをイーちゃんに伝えたいと思ったのです。やっと、イーちゃんに聞かせたい話題ができたから。私とイーちゃんを結びつけ、そして、おそらく疎遠となる原因になったもの。

私は登山をしました。

なんだか、英語の例文みたいですね。だけど、この一文に辿り着くまでに、生まれてからイーちゃんに出会うまでよりも長い年数がかかってしまいました。

それを聞いてもらいたくて、ペンを取ったのです。

もはや、我が家では一日中稼働しているテレビで、先日、パソコンやスマホを使ったオンライン飲み会が流行っている、と言っていました。だけど、私はイーちゃんの年賀状に書いてある住所と自宅の電話番号しか知りません。

とはいえ、メールアドレスを知っていても手紙にしたのではないかと思います。

パソコンで打って印刷しようかとも考えましたが、手書きにすることにしました。子どもの頃、親がお礼状や大切な手紙をしたためている姿を当たり前のように見てきたし、無地の便箋に文字を一つずつ連ねていくのは、なんだか山に登る行為と似ているような気がするからです。慣れない動作に、早くも、手が疲れてきたことも。

トレーニング不足はこんなところにも表れるのですね。ここまで書いた文字を見ても、昔はもう少し整っていたのではないかと、心が折れそうになるけれど、それを乗り越えた先に、これまでに山頂で見てきた景色と重なる何かがあることを期待して、書き進めていきたいと思います。

ごつごつとした岩山も、遠目に眺めれば美しい、かな?

ひと晩では書ききれないほど、長くなりそうだけど、大丈夫。コーヒーもお菓子もたっぷり準備しています。

お菓子はもちろん、我が『吉兆鶴亀堂』を代表する豆大福、と書きたいところですが、今はもなかのみ、数量限定販売しているので、手元には何も残っていません。それでも、店を閉めていた頃と比べれば、幸せなことなのです。と、これはおいおい書いていくとして……。

おやつには、定番の行動食を買いました。〈きのこの山〉と〈たけのこの里〉です。不思議なことに、断固として〈たけのこの里〉派だった私なのに、今は〈きのこの山〉の方が好きかもしれない、なんて心が揺らいでいるのです。ここだけ読むと、一〇代や二〇代の女子みたいですね。

出会った頃の私たち。イーちゃんが知っている私。

イーちゃんは、ほらね、と笑うでしょうか。それとも、今はイーちゃんが〈たけのこの里〉派になっているでしょうか。お子さんがいるイーちゃんは、こんなお菓子の話題も過去のものではなく、ちゃんと進行形なのかもしれません。それとも、お子さんたちもお菓子を卒業する年齢でしょうか。

こんなことを書いていたら、なかなか登山口にも辿り着けませんね。

無理をして読んでくれなくても構いません。家庭のあるイーちゃんは、外出自粛期間中であっても、時間の余裕がないかもしれません。ご家族が家にいるぶん、いつもより忙しいかもしれません。

だけど、イーちゃんなら、そんな中でも読んでくれるのではないかと期待している自分がいることも、先に白状しておきます。

登山、と書きましたが、大学時代にイーちゃんと縦走した、槍《やり》や穂《ほ》高《たか》といった、日本を代表するような三〇〇〇メートル級の山ではありません。

武奈ヶ岳《ぶながたけ》です。

どこ？　と首を捻《ひね》っているかな。滋賀県にある標高一二一四・四メートルの山です。

京都の自宅から、日帰りで行ってきました。

しばらく店を閉めることになり、先が見えない不安を抱え、一人、家の中で過ごしていると、いつのまにか、思考がマイナスの方に大きく傾いていました。大袈裟かもしれないけれど、出口のないトンネルに閉じ込められたような、明けない夜の世界に放り込まれたような、希望のない日々です。

生きていけるのだろうか。ふと、そんな不安がよぎった途端、息の仕方がわからなくなり、過呼吸を起こしてしまいました。幸い、自分で処置できる程度でしたが。

外に出なければ。新鮮な空気を吸わなければ。

密にならないように、と国からのお達しが出ているけれど、山ならいいのではないか。決して、不要不急ではない。私が生きるために必要な行為なのだ。

何やら、天から糸がおりてきたような気分になりました。だけど、長距離の移動はできない。すぐに、糸がプツンと切れかけました。けれど、歳を取ると、いい意味でこの糸はスパンと切れないものです。わずかに繋がっている糸がささやきました。

低いところでいいじゃないか。自分で運転して、日帰りで行けるところ。

むしろ、こういうご時世だからこそ、低い山でも惨めな気分にならないのではないか。長いブランクも運動不足も関係ない。そうして選んだ山です。

日本二百名山には選ばれているから、イーちゃんも名前くらいは知っているかな。いや、どうだろう。関西、特に京都府民にはなじみのあるところでも、東日本の人はまったく知らない、という場所は数えたらキリがないくらいあるからね。

そもそも私だって、武奈ヶ岳という名前は知っていても、登ることに結びついたのは初めてでした。

大学時代、少なくとも私にとっての山は、北アルプスを中心とした、高く、鋭く、険しい山のことでした。それでいて、いや、だからこそ美しい山。そもそも、山は遠くから眺めるものではなく、登るものだと教えてくれたのは、イーちゃんです。

東京での新生活。待っているのはオシャレで最先端なことばかりだと予想していたのに。新入生オリエンテーションでたまたま隣同士の席になった子から、ランチに誘われ、そこで、山岳部に一緒に入ろう、と言われるとは。

驚いたのは、イーちゃんがまったく登山をするようなタイプに見えなかったこと。「non-no」の最新号に載っていそうなワンピースを着た、色白の顔にピンクの口紅がよく似合うかわいい子の口から、まさか、登山という言葉が出てくるなんて。

でも確か、イーちゃんの家では、それが夏の家族恒例行事だったんだよね。

その年の女子の新入部員は、私たち二人だけ。こんなフワフワした子でも大丈夫ならと、私はナメてかかり、新歓登山（南アルプスの仙丈ヶ岳《せんじょうがたけ》でしたね）で悲鳴を上げることになってしまったのだけど、山頂からの絶景（富士山が近かった！）と、先輩たちが淹《い》れてくれたコーヒーで、全部がふっとび、山にのめり込むことになりました。

合宿だけでは飽き足らず、休みができると二人で山に向かったよね。より高く、より険しい道のりを求めて。次はどこを目指そう、と言い合って。

そんな中に、一度も挙がったことのない、かすりもしない。

武奈ヶ岳はそういう山でした。登る前までは。

御殿山登山口までは、私が住んでいる出町柳《でまちやなぎ》から車で一時間足らず。なんと、バスで行く場合も、乗り継ぎナシ、一本で行けることがわかりました。その気になれば、いつでも、簡単に行ける山だったのです。

学生時代に履いていた登山靴はとうの昔に捨てていました。しかし、遠足のようなものだと思い、ジョギング用のスニーカーで行くことにしました。山からは離れたけれど、健康維持のために、時々、走っていたのです。本当に時々でしたが。

ザックもスポーツメーカーのものではあるけれど、タウン仕様です。雨合羽《あまがっぱ》くらいは新調しようと、ネットで検索してみて驚きました。ウエアからグッズまで、女性用が豊富に揃ってい て、尚且つオシャレ。

一〇年ほど前から聞くようになった山ガールという言葉は知っていたものの、ハイキング程度のものを、登山と呼んでいるのだろうと勝手に決めつけていましたが、高性能なグッズも揃っていて、浦島太郎のような気分です。

あの頃は、女性用の雨合羽なんて赤一色で、私はそれにしたけれど、グリーンが好きなイーちゃんは男性用の一番小さいサイズを着ていたよね。それが今では、グリーン一つとっても、カラフルな黄緑からシックな深緑まで。

パソコンなんて毎日さわっていたし、ネットショッピングもよくしていたのに。自分が思う以上に、山を避けていたということに気付きました。いや、がむしゃらな日常生活を送っていると、自然に遠ざかってしまい、開き過ぎた距離を意識しないため、山のことは考えないようにしていたのか。

ワインレッドに近い、紫色の上着と黒いパンツ（上下で色が違うことも新鮮です）を購入しました。変わらないのは、行動食だけ。

脱線です。まだ、登山口にも到着していません。

今度こそ、出発します。

夜が明ける前に家を出て、登山口最寄りの駐車場に着いたのは、辺りが白み始めた頃でした。耳元でキンと音を立てるような雪の気配を含んだ空気も、忘却の彼方にある感覚のはずなのに、ああこれだ、と自然と体が浄化されていくような気分になりました。

ストレッチも、気が付けば、あの頃と同じルーティンになっていて、約三〇年ぶりでも憶《おぼ》えているものなのかと驚きました。

大丈夫。私は歩ける。ゆっくりと登っていくうちに、体があの頃の感覚を取り戻していくに違いない。

そんな、自然に身を委ねるような安らかな気持ちは、登山口の看板を通り過ぎて五分も経たないうちに消え失せました。

九十九折《つづらおり》。まさに、それを絵に描いて説明する時のような道が目の前にそびえているのです。子どもの頃に通った駄菓子屋の店先にあった、玉を順にはじいていくパチンコゲームみたいに、壁のような急斜面に数えきれないほどのジグザグが走っているのです。

燕岳《つばくろだけ》に向かう合戦尾根《かっせんおね》を始め、いくつもの急登に挑んできたものの、あんな九十九折は記憶にありません。

登り坂というのは、ここがピークで、あの角を曲がれば緩やかになっているかも、などと少し先に見える岩や木をポイントに、あそこまで頑張ろうと自分に言い聞かせながら進んでいくものだと思っていました。

たとえ、ポイントに辿り着き、その先にさらなる登りが続いていても、それは、たとえるなら別ステージで、次はあのポイントまでと自分を奮い立たせることができる。

しかし、武奈ヶ岳のそれは、いくつもの曲がり角がはるか先まで見えてしまっているのです。帰ろうかな、と思いました。明らかにしんどいことがわかる道をあえて歩く必要はあるのだろうか。しかも、雪は高いところにある木の根元にわずかに残っているのが見えるくらいだけど、解けた雪は乾ききっておらず、歩きやすい道とは言えません。

とはいえ、そこに踏み込んでしまうのが私なのです。

逆に、ハードなのは、この見えている九十九折のエリアくらいだろう、などと楽観的に考えてしまうのも。

大丈夫じゃない？　あの頃、何の根拠もなくイーちゃんに言い放ち、あきれられていた言葉を、自分に向けて発してみました。声に出すと、さらに大丈夫そうに思えます。

歩道に足跡が思った以上に刻まれていることも、私の背を押しました。他の多くの人ができることを、私はあきらめるというのか。

これといった見どころもない葉の落ちた樹林帯をただ真っ直ぐ（道幅が狭く蛇行もできない

ので）歩いていると、忘れていた記憶がどんどん蘇ってきました。

まずはイーちゃんと登った山。特に、登りがきつかったところ。コースタイムを気にする私は、イーちゃんが休憩を言い出さないのならまだいける、と胸の内で繰り返し、足を止めようとしませんでした。

雨が降っている時も。霧が濃い時も。振り返りもせず、ただひたすら、コースタイムよりも速く目的地に着くことを目指して。

花の名前も鳥の鳴き声も関心を示さず、ただ頂上を目指す。

私が足を止めるのは、脳ではなく、体がギブアップを叫んだ時だけ。振り返るといつもイーちゃんは、エーコは元気だなあ、と私に笑いかけ、私は、頑張ろう、と大きな声を出して前を向く。励まされているのは自分なのに、まるで私がイーちゃんを励ましているかのように。

イーちゃんはそんな登山が楽しかったのだろうか。

運動靴のつま先が汚れていくのを眺めながら、疑念がむくむくと湧き上がってきました。予想以上に土はしっとりと水分を含んでいて、防水加工をしていない靴にこびりついてくるのです。

私はイーちゃんが弱音を吐くのを聞いたことがありません。足を止めるのを見たことも。それを私は、イーちゃんは子どもの頃から登山をしていて、体力があるからだと思い込んでいたけれど、イーちゃんだって、体調が万全でない時はあったはずです。

そういえば、冬場、イーちゃんはよく風邪を引いていました。シチューを鍋ごと自転車のカゴに入れてイーちゃんのアパートに届けると、首にネギを巻いた姿で迎えられて、びっくりしたこともあったのに、夏になると、いや、山に登っている最中は、弱っているイーちゃんの姿を忘れてしまっているのです。

多くの人はきっと、当たり前のように知っていることを、私は人生の後半に差し掛かった辺りでようやく一つ、気付くことができました。

しんどい時に、一番しんどいのは、それを口にできないことではないか。

九十九折の登り坂の途中、水分補給のために座ることができるスペースもありません。特に、上に進むにつれて。登山道から少し外れた場所は、みぞれ状の雪に覆われていて、そんなところに一歩でも足を踏み外そうものなら、私の運動靴はたちまち水浸しになってしまいます。腰掛けられそうな、岩も切り株も見当たりません。

両手を腰に当て、ふうふうと言いながら歩き、立ったままザックのサイドポケットに入れている水筒を取り出して水を飲む。

ああ、こんな時、せめて水を飲むあいだくらい、ザックを持ってくれる人がいればいいのに。

そう感じて、イーちゃんをうらやんだことを思い出しました。イーちゃんが一つ年上の山岳部の先輩、桜井さんと付き合い始めたのは、一年生の秋だったかな。

桜井さんの地元、福島県の安達太良山《あだたらやま》に二人で登ってきたんだっけ。

あの時、桜井さんは温泉のある山小屋の話に目を輝かせていた私たち二人に声をかけてくれたけど、私は土曜日も講義があって。私が行けないせいで、イーちゃんまで行けなくなるのが申し訳ないと思っていたら、イーちゃん、一人でも行きたい、って。桜井さんも嬉しそうで。

私が行けていても、二人が恋人同士になることは変わらなかったんだろうな、と、これはあの頃から思っていました。

きっと、イーちゃんは桜井さんと登る時は、しんどい、と口にできていたんだろうね。それか、イーちゃんがそう言い出す前に、体力にも気持ちにも余裕のある桜井さんは、休憩を取ってくれていたんじゃないかな。

荷物は重くないか、膝は痛くないか。水を飲め。お菓子を食べろ。さりげなく、気遣ってくれていたんじゃないかな。

桜井さんとならどんな険しい山でも、私と登るよりも一〇倍も一〇〇倍も安心して登れそうなのに、剱岳《つるぎだけ》や大キレットはエーコと行きたい、ってイーちゃんが言ってくれた時は本当に嬉しかった。

イーちゃんを後追いするように、彼氏を作ったはいいけれど、山に一ミリも興味のない人だったから、イーちゃんは私に気を遣ってくれていたのかもしれない。私だってできれば山好きの人と付き合いたかったけど、山岳部の男子のほとんどが、山をやらない女の子が好きだったもんね。

山は男の世界だ。そんなことを、大酒くらいながら普通に口にしていたし。時代も変わったよね。

そんな中で、イーちゃんは本当に素敵な人と出会えたんだなって、改めて思います。

山男と山に行かない女は、案外うまくいくのに、その逆は、どうして成立しなかったんだろう。私の場合だけかもしれないけれど。

映画が好きな人で、彼が選んだ映画を見て私も映画に興味を持って、割とうまくいっていたのに、登山シーズンが始まっちゃったんだよね。二人で公開を楽しみにしていた映画を、彼は初日に見に行きたくて、でもその日、私は山にいる予定で。帰ってきてからでいいじゃん、なんなら、先に見てもいいよ、なんて軽く言ったのに、別れを切り出されてしまいました。

この話は、山に登りながら、さんざんイーちゃんに聞いてもらったよね。あの時は南八ヶ岳を縦走していたんだっけ。

言ってくれたら、日程変更したのに。イーちゃんはそう言ってくれたけど、そこで凌げていても、彼とは長続きしなかったんじゃないかと思います。何の未練も残らなかったし。ただ、コーヒーを淹れるのがとても上手い人だったので、それが飲めなくなるのは残念だったけど、地上で飲む手の込んだコーヒーよりも、山頂で飲むインスタントコーヒーの方がおいしい、と開き直れたし。

でも、そのコーヒーに救われもしたのです。

しんどい道のりは次第に、学生時代の登山から、その後の人生へと重なっていきました。社会人になっても二人で山に登ろう。大学四年生の夏、剱岳の山頂でそう約束したよね。まだバブル期で、私たちは二人とも東京の一部上場企業に総合職として就職が決まっていて、経済的に余裕もできるだろうから、海外の山に挑戦してみるのもいいね、なんて盛り上がっていた。

だけど、それからひと月も経たないうちに、運命がガラリと変わる出来事が起きた。

私の兄の死。本人にはまったく過失のない、歩道を歩いていたところに酒気帯び運転の車が突っ込んでくるという交通事故でした。

私がサラリーマン家庭の子だったら、悲しみに暮れはしても、人生はそう大きく変わらなかったはず。

だけど、私の家は、京都で三〇〇年続く和菓子屋『吉兆鶴亀堂』だった。兄は私より七歳年上で、大学卒業後すぐに父の元で修業を始めた。外大でフランス語を専攻していた兄は、『吉兆鶴亀堂』を世界に広げるんだと、よく私に言っていた。

父は外国人に和菓子の味がわかるかと兄に反論していたけど、一人息子に期待していることは、いつも伝わってきました。だから、兄が亡くなった後は、見ていられないくらいに憔悴《しょうすい》して。だけど、私に跡を継いでくれとは言いませんでした。

私に遠慮してではありません。

自分はあと二〇年やれる。その後は、店を畳む。きっぱりとそう言い切った父に納得できなかったのは、私の方です。私は物心ついた時から『吉兆鶴亀堂』を誇りに思っていた。天皇陛下に献上したことがあるといった由緒正しいエピソードよりも、幼い頃から店を訪れてくれているお客様の顔が、店が地域の人から愛されていることを物語っていたから。

自分の家で作られる和菓子が一番おいしいと断言できた。

食べもしないで、和菓子は苦手、と言う子がたくさんいたけれど、イーちゃんは、おいしいおいしい、って繰り返しながら食べてくれたよね。しかも、山頂で食べた時は、世界一の贅沢だ、とも。自分で持ってきた〈きのこの山〉は私に全部あげると箱ごと押し付けて。じゃあ、〈たけのこの里〉を買っておいてよ、と私がぼやくまでがセットで。

完全にふっきれないまでも、私は父に、自分が店を継ぎたいと申し出た。きっと喜んでもらえて、それが自分の背中を押してくれると信じていたから。だけど、父からは冷たいひと言が返ってきた。

「女に職人が務まるか」

泣きながら叫んでやりたかった。せっかく決心したのに、って。もう二度と帰ってこない、って出て行ってやろうかとも思った。

でもね、その時、父の後ろに山が見えたの。正確には、見えたような気がした、だけど。雪の残る、険しい岩稜。おまえがそこを登れるはずがない。

「務まります。精いっぱい努力します」

そう口にしたはずだけど、もしかすると、登れます、って言ったかもしれない。男の世界だと言われる山に登れる私が、職人になれないはずがない。

父は兄には最初から自分が指導したのに、私は父のお弟子さんが開いた店で修業させてもらうことになった。兄がそうしたように、最初の一年間は夜間の製菓学校に通いながら。

これを、私はイーちゃんにどんな顔で報告しただろう。正しく、伝えていなかったかもしれない。父親に乞われて仕方なくそうすることにした、というニュアンスを醸し出していたかもしれない。バブル景気もそのうち終わって、一部上場企業でも、一生安泰とは言えなくなるんじゃないか。そんなふうに、イーちゃんを否定することになるとも考えず、酷い言い方をしたような気もする。そして、最後には。

「山はもう無理っぽいから、イーちゃんとも卒業したらバイバイだね」

どうして、あんな言い方してしまったんだろう。

少し先になるかもしれないけれど、また絶対に山に行こうね。私が作った和菓子を持って。イーちゃんの顔を見る直前まで、そう言うつもりだったのに。

ただ、うらやましかったんだ……。

リゾートマンション開発の会社に就職した桜井さんからもらったという、ニュージーランド土産のかわいい花のペンダントが目に留まり、ああ、この人は私と登る日なんか待たなくても、いつでも登山できるんだな。海外の山にも簡単に行けるんだろうな。そんなことを考えて。

イーちゃんは黙ってた。一緒に行こう、とは言ってくれなかった。当たり前だよね。酷い言い方をしたのは私なんだから。引き留められなかったから、次に進めた。

卒業旅行も結局、行かなかったよね。それどころか、私は引っ越しの日もイーちゃんには伝えなかった。登山道具は新入生が使えそうなものは部室に残して、あとは全部処分した。

気を張って。片足をようやく半分乗せられるほどの岩場を歩く時のように。ただ、そこを通過することに集中して、私は京都の実家に戻りました。

和菓子職人の世界は、生まれた時から身近にあったにもかかわらず、一歩足を踏み入れると、これまでとは別世界でした。

最初の一年はとにかく下働き。豆大福なんか、さわらせてももらえない。豆大福を入れる箱は一日一〇〇〇枚組み立てたけど。

つま先ばかり見ながら歩いていたけれど、少し、傾斜が緩やかになったんじゃないかと思って顔を上げると、先の方になだらかな道が見えました。

よし、あそこまでだ。気合いを入れ直して歩いたのに、そのわずかになだらかになった場所から、さらに急斜面を見上げることになりました。ジグザグジグザグ……。いっそ、道なんて無視して、直登で進んだ方がラクなんじゃないかと思ったくらい。

誰もいないし、私一人がそうしたところで、山に支障を及ぼすとは思えない。だけど、そこをはみ出すことができないのが私です。雪のせいではありません。むしろ、上の方の雪は、みぞれ状ではなく、ふんわりとした状態で、山道全体を覆ってくれていれば自然と直登できたのに、と思ったくらいです。

アイゼンの準備はしていなかったけど。

誰もいない夜道でも、赤信号はきちんと立ち止まる。それが私です。

立ったまま水を飲み、再び、両手を腰に当てて歩き出しました。

ネットで雨具を購入した後、トレッキングポールの広告が届き、どこで年齢がバレてしまったのだろうと驚きました。私にはこんなもの必要ない。そう思ってクリックしませんでしたが、買っておいた方がよかったのか。

ジグザグの曲がり角に着くたびに、足が止まりました。はあはあと荒い息を落ち着けて、深呼吸をしてから一歩を踏み出す。

それを何度か繰り返した時、自然と口から、しんどい、と言葉が漏れました。

ついに、口にしてしまった。これまで、頭の中、ううん、全身がこの言葉で張り裂けそうなくらいいっぱいになっても、ぐっと歯を食いしばって耐えてきたのに。

登山だけではなく、人生においても。

それを、この程度の山……、で破ってしまうとは。

だけど、不思議と嫌な感じはしなかった。敗北感も込み上げてこなかった。それどころか、言葉を発したことによって肩の力が抜け、体が軽くなったようにさえ感じたのです。

前後に人の姿がないのをいいことに、少し大きな声でもう一度、しんどい、と言ってみました。さらにもう一度。

二人で熱唱しながら登っていたら、ヌッと現れた下り中のおじいさんに、神聖な山で下品な歌をうたうな、と怒られたことがあったよね。普通のラブソングだったのに。私は怒られたことがショックだったけど、イーちゃんが舌をぺろっと出して笑ってくれて、そのくらいのことなのだと開き直ることができました。

今度は誰もいないところで歌おう、って。

ここは歌い放題だな、と思いました。だけど、何の歌も思い浮かばず、ただ、「しんどい、しんどい、しんどいよ～」と繰り返しました。後半は少し演歌みたいになったけど。冷たい空気が体内に入るのも気持ち良かった。

しんどい、と口にするたびに、気力が回復してくるなんて。

そして、なんだか可笑《おか》しくもなってきて。

「しんどくて当たり前。だって、私、五三歳だもん。山だって、大学卒業以来だもん。頑張って仕事してきたもん！」

これまで負の感情として自分の中に澱《おり》のように溜まっていた思いが、次々と口をついて出てくるのだけど、そのどれもが軽妙で、どうでもいいことのような響きを持って、空気の中に吸い込まれていくのです。

まるで、シャボン玉が宙を舞ってはじけて消えるみたいに。

そこからは、「ああ、しんどい」を繰り返しながら歩きました。疲れた、とも口にしました。そうすると、曲がり角で足を止めることなく、次の坂を登ることができました。その次も、その次も。

こんなふうに、たまには愚痴も吐いていれば、これまでの日々も、もう少しラクに過ごせたのかもしれません。いや、前半から言ってたらダメか。弱い自分を受け入れてしまうと、そこで立ち止まっていたかもしれないから。

弱い自分と向き合いながら、前に進むことを考えられるようになった、ということかな。

そうやって歩いていると、やっと、狭いヘリポートが見えました。時計を確認すると、ちょうど歩き始めて一時間二〇分でした。登山口から四〇分以内での不調なら引き返した方がいいけど、それ以降だと、どうにかここまで辿り着かなければならないのか、などと考えながら、休憩を取ることにしました。

水筒に入れてきた熱湯でカップにティーバッグの玄米茶を淹れ、〈たけのこの里〉を食べることにしました。

本当は、もなかを食べたかった。

そういえば、初めての登山で私は実家から送られてきたもなかを持っていって、先輩たちに笑われたよね。イーちゃん曰《いわ》く、口の中の水分を全部持っていかれてしまう、登山中の行動食としては不向きなお菓子です。

以来、『吉兆鶴亀堂』のお菓子は山頂に到着したご褒美となったのだけど、それでも私の元気の源は、市販のお菓子ではなく、うちの和菓子だったのかもしれません。

よくよく思い返せば、小さな靴擦れや下山後の膝の痛みはあったものの、山で体調を崩したことは一度もなかったよね。

私は山を離れてからも、市販の頭痛薬や胃腸薬を頼る程度のことはあっても、病院にかかったのは、歯医者くらいです。怪我も然り。骨折どころか、捻挫もしたことがありません。幸い、ぎっくり腰もね。

子どもの頃は毎年冬になると、しもやけができて、水をさわるとそこがパックリ開いてあかぎれができていたのに、いくつもの岩稜に取りついたおかげで手の皮が丈夫になったのか、単に、おとなになったからなのか、真冬に冷水に触れても、しもやけ一つできない手になりました。

だからなおさら、足を止めるタイミングがわからなかったのかもしれない。

登り坂に重ねて、大変だ、大変だ、と、ここまで書き連ねてしまいましたが、実は、和菓子作りに関してはそれほど苦労していません。

女が職人になるのが難しいのは、能力が男より劣っているからではなく、ただ、その世界を男の聖域だと信じ、女が入ってくるのを拒む人たちがいるからです。

味覚や想像力、手先の器用さや手際の良さといった技術力、それらは女も男も関係なく、個人の能力です。

近年では、遺伝という言葉も差別に繋がると言われていますが、私はこれはあるのではないかと思っています。それとも私が、餡《あん》の一つを作る際にも、自分は『吉兆鶴亀堂』の遺伝子を引き継いでいるのだから、同じ味が再現できないはずはない、と無意識のうちに言い聞かせていた成果なのでしょうか。

私が一人で全部作ったもなかを食べた父が、初めて褒めてくれたのです。

「俺の作る餡よりも、先代の味に近い」

父に褒められたのは、生まれて初めてかもしれない。勉強もスポーツも頑張ってそこそこできるようになっても、はるか上を行く兄がいたから。しかも、父は自分のものよりもよくできている（私の拡大解釈かもしれないけど）と言ってくれている。

これ以上の賛辞はありません。

そこから私は父の元で修業をすることになりました。

実家に戻り、この道に入って丸三年です。

このもなかを私はイーちゃんに送りました。

あんな別れ方をしたせいで、お互い、実家の住所や卒業後の連絡先を交換しなかったのに、イーちゃんは卒業した翌年、私宛に、店の住所に年賀状を送ってくれました。会社の独身寮の住所と電話番号を添えて。

『元気ですか？　私は元気です』

その年賀状に対し、私は店用の年賀はがきで返事を書きました。

『私も元気です』

それだけを添えて。「頑張っています」「お互い頑張ろう」などと書かず。ましてや、「登山していますか？」とは触れず。だけど、イーちゃんがたとえ年賀状だけでも、私とまだ繋がってくれていることは、本当に嬉しかった。

その翌年は、なんとニュージーランドでの結婚式の写真付き年賀状。すぐにお祝いの品を送ればよかったのに、その時の私は、ちゃんと父に認められるものを作ることができたら、イーちゃんに食べてもらおうと、勝手に自分の中で決めていました。

あと、やっぱりうらやましかったんだと思う。イーちゃんはこれからずっと、桜井さんと山に登るんだろうな。思い出の山が海外でも広がっていくんだろうな、なんて想像しちゃったから。こちらはあの頃、四六時中、職人のおじさんとパートのおばさんに囲まれて、出会いの場なんてなかったし、自分の気持ちとしてもそこに向いていなかったし。

そして翌年、福島で民宿オープン。イタリア風の建物の前で、幸せそうに微笑《ほほえ》むイーちゃんと桜井さん。二人が新しい道に踏み出した報告を受けた年に、もなかを送ることができて、本当によかった。

隣で肩を抱いてくれる人はいないけど……。それよりも、私は和菓子を作ることが楽しくて仕方なかった。

父はもなか以降、まったく褒めてくれなかったものの、まあまあだな、というのが合格の合図だということに気付いてからは、子どもの頃も、それなりに認めてもらえていたんだとわかって、母を介さなくても、ちゃんと本音を伝えられるようになりました。

でも、何かおかしいって感じるようになった。店の看板商品の豆大福まで、仕込まれるようになったから。まだ、五年も経ってないのに。これまでのお弟子さんにはないことだった。私に素質があると認めてくれたとしても、父なら、もう少し段階を踏むはずなのに、と。

自分の病院の行き方はわからないけど、救急車の呼び方は知っている。突然、仕事中に倒れて、意識を失った人がどう搬送されるのかも。救急車の中でどんな措置がされるのかも。同伴者はどんな質問を受けるのかも。

父が倒れたのです。くも膜下出血でした。

へリポートといっても、これまで歩いてきたコースと比べて若干視界が開けたくらいで、登りはまだ続いています。お茶を飲み干して、再び歩くことにしました。

このまま緩やかな登りが続くのかと思いきや、また急坂です。

母によると、時々、目がかすむとか、頭痛がするとか言っていたくらいだし、この病気自体、あまり前兆がなく、突然発症することが多いみたいだけど、父には何か感じるところがあったのかもしれません。

それで、自分の技術を急いで私に伝えようとしていたのかもしれない。

幸い、父は一命を取り留めました。しかし、障害が残りました。あろうことか、右半身の麻痺です。

父は店を私にまかせると言ってくれたけど、そう簡単にはいかなくて。支店、といっても、本店よりも立派な店舗を構えている親戚筋から、私が継ぐことを反対する声が上がって、まさかの親族会議が開かれることになりました。

あれ？　もしかして、お兄ちゃんが死んだからといって、私が帰ってこなくても、店は存続していたってこと？

自分の早とちりに、目の前が真っ暗になったくらい。認められないならそれでもいい、とさえ思いました。

父は会議に出席する親族たちに、それぞれの店の豆大福を持ってくるようにと命じました。私にも作れ、と。そして、集まった親族たち五店舗一二人に、まずは私の豆大福が振舞われることになったのです。もちろん、大福なんか後にして、まずは話し合おうという声も上がりました。子どもの頃から優しくしてくれた親戚のおじさんたちなのに。お年玉もくれたのに。兄の葬儀の際には、私にも励ましの言葉をかけてくれたのに。

その人たちが全員（ではなかったかもしれないけど）、敵意の目を向けている。

私が女だからという理由で。

そんな人たちに父は言いました。

「まずは、この豆大福を食え。そして、自分が持参した大福の方が『吉兆鶴亀堂』本店の味にふさわしいと思う奴だけ、文句を言え」

前世紀、一九九〇年代とはいえ、平成の出来事です。

集まった人たちは皆、父に従って大福を食べました。

「どうだ」

父は一番声高に反対していた自分の弟に問いました。

「兄貴の味には追いつけないよ。後遺症が思ったより軽くて安心した。英子《えいこ》にまかせなくても、兄貴がそのまま続けりゃいい」

どうやら、叔父は勘違いしていたみたいです。

「これは、英子が作った、『吉兆鶴亀堂』本店の豆大福だ」

あの時の気持ちは一緒に山の頂に立ったイーちゃんなら、わかってくれると思う。どこが一番近いだろう。やっぱり、剱岳かな。稜線歩きとか、途中で緩やかなコースがほとんどない、ずっと、岩場にへばりついて頂上を目指すコース。

ただ嬉しいだけじゃない。自分の足でここまで来たという達成感。それまでの疲れがすべて吹っ飛んでしまうような。

そして、武奈ヶ岳の急登も終わりました。御殿山山頂に到着です。

ヘリポートから歩いて三〇分くらいで、それほど疲れてなかったけど、区切りのいいところなので、休憩を取ることにしました。

眺望もなかなか良く、春を待つ京都の低い山並みを見渡すことができました。

日の出はとっくに迎えているものの、太陽は薄い雲で隠され、空気はひんやりと透明のまま、山やそれに続く町を覆っているように見えました。

未知のウイルスに脅かされているのが嘘みたいに。

そこで、今度はコーヒーを淹れました。近頃はティーバッグタイプのものが売っているので、家で一人で飲む時はすっかりこれに頼るようになったけど、その便利さは山でこそ発揮されますね。

今度は、干し柿大福を食べたいと思いました。

イーちゃんが、干し柿を初めておいしいと思った、と言ってくれた、白あんで包んだ干し柿の入った大福です。

いちご大福が大流行し、その後、フルーツ大福といえば生の果物が入っているものが主流になりました。そちらの方が若い子にもウケがいいのだろうけど、うちの果物大福（あえてフルーツとは呼びません）は、流行前も、後も、干し柿をメインとした、ドライフルーツ（結局、フルーツか）を使用しています。

ドライというのは違うかな。果物の甘味がほどよく舌に残る、半生といったところでしょうか。この果物の水分量を見極めるのも、『吉兆鶴亀堂』の職人技の一つです。

これが、コーヒーに合うんだ……。

疲れていないのにいつまでも座っていると、登山以前の疲れがぶり返してきそうなので、早々に歩き出すことにしました。

どうにか、親族を中心とした職人たちに認めて？　受け入れて？　静観してもらえるようになったものの、これで安泰というわけにはいきませんでした。むしろ、身内でゴタゴタとしている場合ではなかったのです。

バブル崩壊の余波です。バブルはこの三年ほど前から崩壊していたものの、世間ではまだ私たちと同い年くらいの女性が中心となり、扇子を振り回しながら踊っているのが、テレビでも大きく取り上げられていました。

打撃を受けるのはバブル景気で成長した新参の会社で、老舗の和菓子屋が受ける影響などたいしたものではないと、初めはそれほど気に留めていなかったのですが、甘い考え方でした。

お中元、お歳暮、冠婚葬祭、そういった際の、主に企業からの発注が半減しました。何千個という単位で注文のあった、政治家のパーティーの手土産にも声がかからなくなりました。味はわからないけどお金を持っている、老舗の名前に価値を置いて贔屓《ひいき》にしてくれていた人たちが、さっと潮が引いていくようにいなくなってしまったのです。

残念な話ですが、そういう人たちによって、『吉兆鶴亀堂』は支えられていたのです。

さらに追い打ちをかけるように、関西では大地震も起きました。

私は生き残る方法を考えました。

父は「これまで通りにしておけ。本物のお客にだけ食べていただければいい」と言いましたが、本店の職人だけでも、家族があり、まだ小さな子どもがいる人たちもいます。一緒に耐えてくれ、などと目に見えない絆をここぞとばかりに強要されても、困るだけです。

そんな時、本当にこんな偶然があるのかというタイミングで、私は懐かしい人をテレビで見かけたのです。

御殿山山頂からの道のりは、緩やかなアップダウンが続くようになったものの、雪が多いところでは登山道の上にも一〇センチほど積もっているところがあり、やはり、軽アイゼンは必要だったと思いつつ、靴下を濡らしながら歩きました。

それでも、この辺りは昨夜も軽く降ったのか、誰にも踏み固められていない柔らかい雪だったので、すべることはありません。

懐かしい人というのは、大学生の時に付き合っていた人、元カレです。なんと、海外のバリスタコンクールで優勝したというのです。確かに、彼が淹れたコーヒーはおいしかった。だけど、まさか世界一とは。

とはいえ、連絡を取ったわけではありません。彼と過ごした日々を思い出し、その中からヒントを得たのです。

彼が『吉兆鶴亀堂』の果物大福はお茶よりもコーヒーに合うと、いつも言っていたことを思い出しました。和菓子だからといって、お茶と一緒に食べなければならないというルールはない。この大福はコーヒーと食べると、半生の果物と餡が絶妙なバランスで互いの良いところを引き出しあっている、相乗効果をより強く感じることができる、と。

「いやいや、コーヒーなんて邪道でしょう。うちのお菓子と一番合うのは『永世堂』のお茶に決まってるの」

当時の私は古くからの付き合いがあるお茶屋の名前を出し、彼が東京出身者だというのをいいことに、これだから東の人間は味覚音痴で困ると、一笑に付しただけでした。

どうしてもっとよく話を聞いておかなかったのだろう。和菓子を引き立てるコーヒーの特徴などが、きっとあったはずなのに。そういえば、兄にこの話をチラッとした時に、興味深そうに目を輝かせていなかったか。なのに、私は男の子の話を掘り下げられるのが恥ずかしくて、別の話題を持ち出した。あの時、もっと……。

だけど、そんなことを悔やんでいる場合ではありません。

これを生かす手はないか。コーヒーと合う和菓子として、海外に売り込んでみたらどうだろう。コネでもなんでも構わない。

渋る父に頼み込み、地元出身の大物政治家に連絡を取ってもらい、その政治家の口利きで外務省の役人を紹介してもらって、イタリアの博覧会に出品することが叶いました。

私はそこで、ひと回り小さい豆大福と果物大福を作り、豆大福の横に濃茶を、果物大福の横にエスプレッソコーヒーを添えたセットを、試食してもらうことにしたのです。

お茶の香りをコーヒーが消してしまうのではないか、混ざってどちらの良さも消してしまうのではないか。そうなれば、お菓子どころではない。そんなふうに、父を始め、一緒に行ってもらううちの職人からも反対の声が上がりましたが、父が親戚たちを説得してくれた時のように、言葉で説明するのではなく、試行錯誤を繰り返したそのセットを皆に出しました。

お茶とコーヒー、香りや渋みの濃さを同じにすれば、融和が生じるのです。それらが、お菓子の個性を引き立てました。

博覧会での反応も上々でしたが、その場では結果が出ませんでした。

ところが、帰国してひと月後、世界有数のホテルチェーンの会社から連絡があったのです。その会社の経営する高級ブランドのホテルでは、宿泊客の出身国のお菓子を部屋に用意するらしく、日本人客にはこれを出したいと打診されました。

世界中の主要都市には必ずあるような有名なホテルです。

道が緩やかになり、視界が開けました。背の低い針葉樹林が雪をかぶった、森が広がっています。童話に出てくる中世ヨーロッパの森のように見えました。絵皿やパッチワークの素材にしてもよさそうなかわいらしい森です。

それを眼下に眺めながら、稜線を独り占めして歩きました。

大福を空輸できるのか、職人を派遣するのか、お茶は、コーヒーは。

皆がパニックを起こしながらも、このチャンスに必死にしがみつこうとしているのはわかりました。支店の親戚たちとも協力しあい、まずは私が職人としてフランスへと乗り込み、海外販路への第一歩を踏み出すことができたのです。

ジャポニカ・マリアージュ。これは先方が決めた名前ですが、ホテルに宿泊した日本人からの評判が良かっただけでなく、他国、主にヨーロッパ在住の人から食べてみたいとの声が寄せられ、ホテルのティーラウンジでも採用してもらえることになりました。

このチャンスを生かさない手はありません。

日本に逆輸入です。本店横にあった、バブル崩壊後に閉店した漬物屋の跡地を清水の舞台から飛び下りる思いで買い取り、『吉兆鶴亀堂茶房』をオープンしました。

日本の伝統的なお菓子であるはずなのに、外国で人気を博したという情報を元に客が集まるのは皮肉な話ですが、どんな形であれ、和菓子を求めて大勢のお客様が店を訪れてくれたのだから、喜ばなければなりません。

東京の有名な商業施設からも出店の依頼を受けました。しかし、これは断りました。一度失恋した相手をムキになって避けたわけではありません。

「京都に人を呼べ。それが三〇〇年間、京都の人たちに支えてもらった恩返しだ」

父にそう言われたからです。不思議と、何の反論も湧き上がりませんでした。

山だってそうだよね。ふと、そんな思いが生じたのです。店を、お菓子を、山に重ねたのはこの時が初めてでした。

人気が出た山が東京に移動することはない。土地の人に愛され、その評判が広がっても、山はどっしりとそこにあり、求める人たちが列をなしてやってくる。

もっと便利な場所にあればよかったのに。そう思う人もいるかもしれない。だけど、山々の頂に到達した時、もっと近ければよかったのに、などと考えたことは一度もなかった。

人は満足のいくものに出会えれば、そこまでの道のりなど苦ではなくなる。

日本各地に出店することよりも、『吉兆鶴亀堂』を目指してわざわざやってきてくださったお客様に、満足してもらえるものを提供することを考えなければならない。

腕を磨こう。

支店は、京都市内のみ、三カ所にオープンすることにしました。

毎日の気温や湿度に気を配り、味覚を研ぎ澄まし、古い味を守りながらも、今、そして、これから求められる和菓子のことを考え、研究し、何度も試作を重ね、店を守ってきたのに。

世界各国から、お客様が来てくれるようになったのに。

新型ウイルスの世界的な蔓延です。

四半世紀かけて積み重ねてきた積木が一気に薙《な》ぎ払われたかのように、かつては、店の前の通りには開店時間の前から行列ができていたというのに、今は誰も、地元の人すら外を歩いていない。

茶房だけ休んで店舗のみの営業にしようかとも考えましたが、生菓子を扱ううえでの衛生対策の強化を検討しなければならず、各支店の職人たちとも話し合い、無理をして店を開けた結果、万が一のことが生じて、和菓子そのものへの信頼を失うよりも、ここが正念場と捉え、足を止めて耐え忍ぶことを選びました。

茶房の支店三カ所は安くない賃料がかかります。従業員の休業手当も捻出しなければなりません。ホテルとの契約は先月いっぱいで急遽、終了することになりました。

父は二年前に他界しましたが、もし、あの時の助言がなく、東京の一等地にある施設に出店していたらと考えると、仏壇の前で感謝するしかありません。

だけど、私が一番恐れていることは、自分の感覚が鈍っていくことです。

朝、コップ一杯の水を飲んだ瞬間、その恐怖が日増しに膨れ上がっていることを感じました。生きていけるのだろうか……。

生きるために、感覚を研ぎ澄ませ。そして、山に行く決意をしました。遠くなくていい。険しくなくていい。自然の中に身を置けるのなら。

緩やかな稜線が蛇行し、その先に、湖が見えました。

琵琶湖です！　薄白銀の森の向こうで、輝いていました。

湖に向かって歩けば、ほどなくして、「武奈ヶ岳山頂」と書かれた標識が見えました。着いた！　と叫びました。体内の空気を全部入れ替えるような大きな深呼吸もしました。

手袋を外し、柔らかい雪に両手を押し付けました。すべての指先に、小さな氷の粒の感覚がありました。

木製の標識の傍《そば》に座り、琵琶湖を眺めました。これが、あの、京都の人にとっては珍しくもなんともない、琵琶湖なのだろうか。天を映す鏡のように清らかに輝いているこの姿を、一度でも想像したことがあっただろうか。

ぼんやりとそんなことを考えながら、半時間ほど過ごしていたら、人の声が聞こえてきました。なんと、登山者です。

還暦をとうに越えたと思《おぼ》しき夫婦が、二人仲良くこちらに向かってきました。驚いているのは、私の方だけで、お二人は普通に挨拶してくれました。そして、「やっぱり、空いてるな」

などと言いながら、旦那さんが慣れた手つきでお湯を沸かし始めたのです。奥さんが「よかったら、一緒にお茶を飲みませんか」と誘ってくれました。

山頂でお茶に誘われるなんて。また、そんな経験ができるなんて。遠慮せず、ごちそうになることにしました。ザックの中にはまだ開封していない〈きのこの山〉も入っていたので、それを取り出そうとした時です。

「お菓子もあるのよ」

奥さんがそう言ってザックから取り出したのは、羊羹《ようかん》でした。『吉兆鶴亀堂』の果物羊羹、干し柿入りでした。ビニルシートの上に百均で売っているようなコンパクトなカッティングボードを置き、その上で慣れた手つきで羊羹を切っていきます。

そこに、柔らかな香りが漂ってきました。

「コーヒー?」

つい、口にしてしまうと、合うのよ、と奥さんは満面に笑みを浮かべました。

誰かにふるまうことを前提に用意していたのか、紙コップに注がれたコーヒーを手渡されました。二人が羊羹を一切れ食べ、おいしそうにコーヒーをするのを見てから、私も同様にいただきました。

ああ、そうだ。これだ。私の最高到達点の味だ。

「これが最後。来月はどうしましょうかね。お店はまだしばらく開きそうにないし」

奥さんが旦那さんに言いました。えっ? と上げた声を、奥さんはどう解釈されたのか。二人は旦那さんが定年退職してからの一〇年間、月に一度、この武奈ヶ岳に登っていて、山頂では必ず『吉兆鶴亀堂』のお菓子を食べていることを教えてくれました。

いったいどこから驚いていいのかわかりません。一〇年間毎月？　うちのお菓子を持って？

しかも、春先のこの時期は週末になると登山道が渋滞するほど込み合っているのだとか。

『吉兆鶴亀堂』のお菓子を持って登るようになったのも、この山頂で分けてもらったもなかがおいしかったからだとか。

「今は、日本中のおいしいものを取り寄せできるけど、家の近所の和菓子屋さんのお菓子が日本一なんだから、幸せなことよね。干し柿の入った大福もおいしいの。でも、このご時世でしょ。お店が閉まっちゃって。最終日に買ったこの羊羹で最後。だから、来月どうしましょう」

「開きますよ」

自然とそう答えていました。海外からの発注が停まっても、茶房が開けられなくても、地元のお客様に提供できればいい。品数を絞って、季節ごとのお菓子を作る。もともと、そういう店だったじゃないか。

この手紙と一緒に送ったもなかは、新たなスタートとして作ったものです。一日一〇〇個限定、一人六個まで、電話注文のみの受付、店頭でのお渡しになっています。もなかを選んだのは、初心を忘れるな、と戒めの意味を込めて。

背中を押してくれたのは、山でした。イーちゃん、私は山に戻ったよ。

敬具
向井英子

# 安達太良山

エーコへ

返事が遅くなってごめんね。

武奈ヶ岳に登ってきたという手紙、本当に嬉しかった。届いた日の夜一〇時から読み始めて、気が付くと翌朝、外は明るくなっていました。そのまま、電話したかったなあ……。

あの頃、大学生のわたしなら時間とか、相手の予定なんか気にせずに、受話器（これが時代を感じる単語になろうとは）を持ち上げていたかもしれない。だけど、非常識な時間だと自分に言い聞かせられるくらいには、わたしも大人になりました。正確には、歳をとっちゃいました。

ならば、興奮冷めやらぬうちに、電話で話したいと思ったことを手紙に書けばよかったのだけど、いざ文章を書くとなると、何を書けばいいのやら。

いいね、すごいね、よかったね。

エーコの手紙の内容については、感想がポンポンと出てきます。

武奈ヶ岳にわたしも登ってみたいな、とか。山頂からの琵琶湖はすごくきれいだったんだろうね、とか。およばれに自分の店のお菓子なんて運命の出会いだね、とか。ジグザグの急坂は下りの方が大変そうだけど大丈夫だった？　とか。

電話ならそれでオッケーなのかもしれない。だけど、手紙となると、自分のことも書かなければならないような気がして、机に向かうことすらできませんでした。一気に惨めな気分が込み上げてきちゃって。

胸を張って伝えられるようなことが何もないのです、わたしには。

三〇〇年続く老舗の跡取りとして父親や時代遅れの思考の親戚たちに認められたり、世界に進出したり。そんな立派な功績どころか、普通の主婦としてのエピソードですら、楽しく報告できることを一つも思いつかないのです。

がんばってないわけじゃないんだけどね。だからこそ、なおさら惨め。

エーコのように、わたしたちが別れたあとの人生をそのまま書けば、ただのお悩み相談室になりかねません。だからといって、見栄を張って嘘を書いても仕方ないし。虚《むな》しくなるだけだし。でも、過去を変えることもできない。

じゃあ、せめてわたしも地元の山に登ってみようか。楽しいことは起こらないかもしれないけど、登山レポートなら、エーコに興味を持って読んでもらえるかもしれない。

そうして翌日、というわけにはいきません。京都の春と福島の春は同時期ではないので。雪解けを待つことにしました。

白状すると、その日が待ち遠しかったわけでもなく、何度も、やめておこうかと思いました。

感染症の問題もあるし、山小屋で密になりやすいとか、万が一の際、救助の方にウイルスをうつしてしまう恐れがあるから、登山はなるべく自粛してもらいたいというニュースも、その思いを後押ししました。

手紙なんか書かなくていい。和菓子に合いそうなおいしいお酒でも贈ろうか。そっちの方が喜んでもらえるに違いないし、新たなインスピレーションの役に立てるかもしれない。

山なんか……。どんなにきついコースでも、昔は一度も口にしなかった言葉です。なんで山なんか登るの？　そう訊ねてくる人たちに、いつも本気でムカついていたほどなのに。

エーコに手紙をもらった時のわたしは、その何年も前から、山を嫌いになっていたのです。嫌い、は違うかな。言葉足らずでごめんなさい。登りたいと思わない。わたしの人生から登山という文字は消えたのだ。その気持ちが積もり積もった状態、そんな感じです。

自然を愛する人。自然とともに生きる人。わたしは自分がそういう人間だと信じてた。それを誇りにも思ってた。

今さらな話だけど、東京のど真ん中に住むサラリーマン家庭に生まれたわたしは、日頃は、自然とは程遠い環境の中で生活していた。マンション住まいだから庭もなく、土に触れることなんてまったくなし。小学校の校庭は人工芝だったと言って、エーコを驚かせたことは憶えてくれているかな。

両親ともに東京生まれ東京育ちで、祖父母の住む田舎というのも、わたしには無縁のものだった。だけど、我が家には毎年夏に訪れる田舎があった。長野県の大学に通っていた父の山岳部仲間が経営する白馬のペンションです。

そこを拠点に、父はわたしの年齢に応じて（多少無理もして）、いろいろな山に連れて行ってくれた。唐松岳《からまつだけ》や五竜岳《ごりゆうだけ》、鹿島槍ヶ岳《かしまやりがたけ》、白馬岳《しろうまだけ》、常念岳《じようねんだけ》、蝶ヶ岳《ちようがたけ》……。

どの山でも、山ならではのご褒美があった。たとえば、かき氷。残雪を掘り、きれいな氷をコッヘルに盛って、そこに練乳をかけてくれるのです。

わたしが、子どものくせにケーキよりおまんじゅうの方が好きだということが発覚してからは、近所の和菓子屋で粒あんを買い（一〇〇グラム単位でポリ袋に入れてくれるのです）、氷の上にのせてくれるようになりました。

他にも、ゆでたトウモロコシにしょう油をかけてあぶってくれたり、朝しぼったばかりの牛乳を使ってフレンチトーストを作ってくれたり。

その最高に幸せな経験を、毎年のようにわたしは夏休みの絵日記や作文に書いて、みんなの前で発表するのだけど、あまりうらやましがられたことはありません。

しんどそう、あんこは嫌い、雪は汚い、トウモロコシならお祭りで食べる方が楽しい、牛乳くさらない？　ネガティブな意見ばかり。それよりは、富士五湖周辺に別荘がある子たちの方がうらやましがられるのです。

富士山に登るならまだしも、湖でボート遊びをする方が楽しそうだなんて。

本当の自然の素晴らしさがわからない子たちばかりなのだ。

そして、我こそは自然を知り、自然に親しんでいる、と思い込む、単純な子どもだったのです。

父のように山友だちがほしい。血のつながりなど関係なく、深く理解しあえる友だちが。たとえ離れて暮らしていても、年に一度は親戚のように会いに行き、家族ぐるみで一緒に山に登れるような友だちが。

まるで、山岳部に入るために大学に進んだようなものです。父もそれを良しとしてくれました。

だけど、不安もあった。山岳部に入るような女子がいるだろうか。しかも、他大学と比べて厳しいと評判の部に。高校を卒業するまで、白馬のお土産を渡すと「いいなあ」と、うらやましがるくせに、登山をしたと言うと「えっ？」と一歩引くような子たちばかりに囲まれていたのに、大学に入ったからといって、いきなり山が好きだという子に巡り合えるのだろうか。

しかも、父のように長野の大学ならともかく、東京の大学に。地方から来る子たちだって、おしゃれで都会的なものを求めているんじゃないだろうか。テニスサークルやイベントサークルに入りたいのではないのか。

だから、片っ端から声をかけていたわけじゃない。むしろ、誘った途端に変人扱いされるのが怖くて、せっかく声をかけてくれた子に、山の「や」の字も口にできず、服やバッグを褒められるのに愛想笑いを返しながら、入学式の初日からひるみそうになってました。

わたしの服装や髪形は完全に母の趣味です。こちらが無頓着なのをいいことに、子どもの頃から着せ替え人形扱い。ちなみに、母は登山に興味がなく、ペンションでは奥さんと一緒にジャムやチーズケーキなんかを作って楽しんでいました。そうです、父の友人の奥さんも登山をしない人で、「女の子なのにすごいわね」といつもわたしを褒めてくれていました。

だけど、山で女性に会わなかったわけではない。みんな、かっこよかった。わたしもああなりたい。あきらめちゃダメだ。

そんなわたしの前に現れたのが、エーコです。山が似合いそう、と思いました。直感です。すらっと長い手足が登山に向いていそうだと思ったの。誘った理由をそんなふうに話したこともあるけれど、それは後付けで、実は、理由もなくただそう感じただけなのです。

なんて、思い出話に便箋を何枚も使っている場合ではありません。レターセットなんて今時売っているのかな、と思ったら、近所の書店にかわいいのがいっぱいありました。それも、手紙を書くことを後押ししてくれたかな。ハリネズミ、かわいいでしょう?

おそらく「神の舌」を持っているエーコに贈るものも決められず、迷いはあったけれど、手紙を書くためのネタ作りだと割り切って、山に行くことにしました。

向かったのは、安達太良山です。

エーコと同様、登山口まで、自宅最寄りのバス停から一本で行けるところにある山です。『智恵子抄』で有名だから、名前は全国的に知られていて、紅葉の季節を中心に、県外からも多くの登山者が訪れて賑わう山だけど、五月の連休前は、しんと静まり返っていました。

残雪も多く、ロープウェイも停まっていました。

新型ウイルスのせいなのか、単に、山開きがまだなのか。

そういえば、エーコはロープウェイやゴンドラが好きだったよね。岩稜を目を輝かせてガシガシ登る人だから、たとえそういうものがあっても、「歩こう」と言いそうなのに、「標高一〇〇〇メートル分もうけ」って喜んでいる姿を見て驚きました。

そして、ケロッとした顔でこう言ったよね。

「便利なものは使わなきゃ」

頑固なくせに、こういう時々見られる柔軟な考え方が、和菓子店の復興につながったんだろうね、きっと。わたし自身はどう思ってたんだろう。ロープウェイ乗り場にいるリゾートスタイル、特に同年代のきゃぴきゃぴした女子たちを見て、あなたたちのゴールはここだろうけど、わたしにとってはただのスタート地点で、ゴールはもっと先にある素晴らしいところなのだ、なんて悦に入ってたような気がします。

この程度のところで自然の中にいると思えるなんて、とか軽蔑しながら。

土と生きる、ということを一ミリも理解していなかったのは、このわたしだというのに。

ロープウェイが動いていないのを見て、帰ろうかと思った。だけど、エーコの手紙を思い出して、踏みとどまった。

山は違えど、その山を独り占めできるというのは、同じ状況じゃないか。

ロープウェイ終点の登山口から山頂を目指し、温泉のあるくろがね小屋側の道から下山するというのが、安達太良山の一般的な登山ルートです。以前訪れた時も、このルートでした。

今回は、くろがね小屋側から登って下りるルートを取ることにしました。そうだ、エーコは同じ道を通りたくない、とピストン登山を嫌ってたよね。子どもの頃にペンションを起点とした日帰り登山が中心だったわたしには、その気持ちがいまいち理解できなかった。

そういえば、同じ山に複数回行くよりも、毎回、違うところに登りたいとも言ってたはず。同じ五竜岳の山頂でも、毎回、違った発見があるよ。わたしはそう口にしたことがあったっけ？

決して、エーコに遠慮していたんじゃない。常に新しい場所に挑もうとするエーコについて行くのが心地よかったのです。エーコとなら、より多くの山の頂に立つことができる。山に誘ったのはわたしなのに、いつしかエーコが前を歩いていて、視界に入る山の名前を確認しては、今度はあそこにしよう、ここにしようと、次の山に導いてくれる。

エーコの手紙が頂上に着いたところで終わっているのも、納得です。エーコにとって山頂はゴールであり、次の目標へのスタート地点でもあったんじゃないかな。

前後に人の姿が見えないのはエーコと同じ状況だけど、安達太良山の山頂へ向かう道はジグザグの急坂、ではありません。特に、最初の一時間は、山小屋へ物資を運ぶ軽自動車も通ることができる道です。

そういえば、エーコはこういう道を歩くのも好きじゃなかったよね。「歩く」という手段しかないところを歩きたいのだ、と。

今もその考えは変わっていないかな。

そんなことを考えていたら、迂回路です。ゆるやかな馬車道をこのまま進むか。林道をガシガシ登って時間短縮するか。

エーコは迷わず、時間短縮の方を選んだよね。途中に余程のお楽しみがない限り。結局、坂を登るなら、短い距離の方がいいって。

わたしは……、エーコに出会うまでは、最初はゆるやかに体を慣らしていくようなコースの方が好きだった。でも、当時は体力があったから、エーコにくっついて直登もできたけど、今じゃ、ううん、一人じゃどうかな。

一人で挑む。よくよく考えてみれば、わたしの人生にそういう場面は一度もなかったような気がする。改めて、初めての単独行にひるんでしまったけど、目の前に広がる道が、そんな不安を優しくなだめてくれました。

時間はたっぷりあるのだから、このまま馬車道を進もう。

ゆるやかで歩きやすい登り坂。背の高い、新緑にはまだ早い、だけど、確実に芽吹きに向かっていることがわかる広葉樹を見上げながら歩くことができます。

ここに葉が茂り、木漏れ日が差し込んでいたら……。母の愛読書でもあった『赤毛のアン』の世界に憧れていた一〇代の頃のわたしなら、「恋人の小径《こみち》」みたい、と、はしゃいだ声を上げたかも、などと考え、数秒後に苦笑しました。

実際に口にしたじゃないか。

また、安達太良山から外れてしまうけど、わたしね、エーコからの手紙、冒頭の部分で泣いたんだよ。

イーちゃん、と結婚前の呼び名で呼んでもらえただけで、あの頃に引き戻してもらえたような気がしたから。

おかしいよね。旦那は同じ大学の山岳部の先輩なんだから、当時の思い出話をしながらいつでも戻ることができそうなのに。

わたしのせい。我が家ではいつしか「山」はわたしに対する禁句になってしまっていたのです。

宏治《こうじ》さんは昔とそんなに変わりません。エーコも知ってる通り、口数の少ない優しい人です。

だけど、山の話になると、誰よりも熱く夢中になっていた。

ここがスタート地点だったのだな、と改めて思い返しました。

二人で安達太良山に行ったあと、付き合うことになったのは事実だけど、山岳部の先輩たちが宏治さんに「ねらっていた」とか「作戦成功したな」とか言ってたのは誤解です。

夏合宿の打ち上げの、あれは、何次会の店だったんだろう。日が沈む前から安い居酒屋をはしごしていたので、何軒目だったのか正確に思い出すことができないのだけど、福島出身の夫婦が二人で切り盛りしている、小さな店でした。

憶えてる？　焼きおにぎりを食べて、こんなにおいしいお米を初めて食べた、って二人で感動したでしょう？

先輩たちは日本酒ばかり飲んで、わたしたちはレモネードを飲んでいた。無農薬の国産だという皮がちょっとゴツゴツした、「レモン」というよりは「檸檬」と書いた方が似合いそうな素朴な形状のレモン（漢字表記は一度でご勘弁）を、奥さんが半分に切って、レトロな雰囲気の薄緑のガラスの搾り器でぎゅっとやっているのを見て、わたしはふと思いついたことを口にした。昔は、脳と口が直結していたから。

「智恵子がかじったレモンって、こういうのだったのかも」

エーコはすぐに「高村光太郎ね」って答えてくれたよね。それを聞いた宏治さんがわたしたちの席にやってきて、あれを諳《そら》んじた。

「この上の空がほんとの空です」

だけど、それにはわたしたち二人、ポカンとした顔を返したよね。わたしの場合は、『智恵子抄』は教科書に載っていた「レモン哀歌」しか知らなかったから。でも、エーコは違った。

「あれ？　わたしが憶えているのと少し……」

宏治さんは、しまった、と額を叩いて言った。

「安達太良山にある標識に書かれてる言葉なんだけど、詩の一節じゃなかったのか。失礼！」

そして、みんなに声をかけた。紅葉の季節に安達太良山に行こう、って。

登山の誘いなのに、周囲の反応は薄かった。重いキャンプ道具を背負って裏銀座を縦走したあとの打ち上げで高揚している中、多くの部員は、次はもっと難所や奥地を目指したいと言っていた。冬山に挑戦したい、とも。

エーコは講義。さぼろう、ってならないのが、エーコだよね。

わたしは「ほんとの空」を見たかった。あとは、故郷の山を持つ人がうらやましかったし、それが軽んじられているのに同情しちゃったのかもしれない。

わたしの夏休みを誰もうらやましがってくれなかったことを思い出して。あとは……。

馬車道を登り終えると、くろがね小屋が見えてきました。温泉のある小屋です。テント泊が続くと、山小屋に泊まるだけで天国気分なのに、それに加えて温泉なんて、何にたとえればいいんだろう。

男性専用と言ってくれた方がまだあきらめがつくような、青空混浴露天風呂ではありません。男女きちんと分かれています。

ほんとの空に紅葉と温泉がついてくるというのに、行かないという選択はわたしにはなかった。結果、宏治さんと二人で行くことになっただけです。

男女二人きりの旅行なら、付き合うことが前提かもしれないけど、男女二人きりの登山は、仲間意識が強まることはあるとしても、男女という意識は、互いにとっぱらわれてしまうものだということは、同級生同士の登山で、エーコも感じたことがあったはず。

山では一膳の箸でラーメンの回し食いができても、下界に戻ると、それは無理、と感じたりするような。

話が逸れたけど、行きのくろがね小屋は素通りです。最後のお楽しみを確認しながら登る。ピストン登山ならではだと思わない？

その少し先で立ち止まった。軽アイゼンを装着するためです。わたしもネットでいろいろなグッズを検索したよ。想像以上のかわいさだった。おまけにどれもコンパクト。軽アイゼンなんてマグカップくらいのケースに入っているんだから。

あの頃の自分ならこれを選ぶな、ってワクワクしながらも、買ったのは最低限のものだけ。しかも、男女兼用の。とりあえず安達太良山には行くけれど、その先がどうなるかわからなかったから。息子たちにあげられるものにしよう、って。

彼らの話はまたあとで。

初めて訪れた時の安達太良山は、赤、黄、オレンジ、これでもかっていうくらい色が折り重なったパッチワークみたいに鮮やかで賑やかな景色だった。

「山が笑ってる。しかも、ゲラゲラ笑い」

宏治さんにそう言ったことを憶えてる。彼は驚いていた。子どもの頃から学校の遠足も含めて何十回も登ってきたけど、そんなたとえは初めて聞いたって。

家が米農家（ここは、聞き流してはならない重大なポイントだったと、今なら思うのだけど）で、幼い頃から自然に親しんできたという宏治さんは、高山植物だけでなく、ロープウェイ乗り場に隣接する駐車場の片隅に咲いている野の花の名前も教えてくれたし、鳥が鳴けば、名前だけでなく、標高何メートル辺りに生息するといった特徴まで教えてくれました。

不思議なもので、三〇年以上も前の出来事なのに、こうやって手紙に書いていると、まるで昨日のことのように鮮明に思い出せるね。目に映ったものや耳に入った音だけじゃない。その時、どんな気持ちだったのかも。

「自然を愛してるんですね」

愛してる、なんて、たとえ自然に対してであっても、口にするのは抵抗がある言葉なのに、山では言えたんだよね。

そんなことを思い出しながら、周囲の景色を見渡しました。赤も、黄もない。黒い幹だけの森。おまけに足元は泥混じりの雪。

エーコもこういうところを歩いたのかと思いを馳せることがなければ、心が折れそうになっていたかもしれません。急登ではない、こっちの方がマシ、って自分に言い聞かせることができたしね。

だけど、こうも思った。あんなに華やかだったのに、今は、黒と白。しかも、へんに混じりあった。エーコが大変だった日々を登り坂に重ねたように、わたしは人生を色に重ねていた。

そもそも、色なんて意識したのは、いつ以来だろう。

安達太良山は花の百名山にも選ばれているということもあってか、その後、宏治さんは花で有名な山に誘ってくれました。

秋の色彩だけではない。春先の白い高山植物の花畑と新緑のコントラスト、濃いピンクと紫に覆われたコマクサの咲き乱れる斜面、そして、盛夏の黄、紫、白。池塘《ちとう》の青、火山湖のエメラルドグリーン。

結婚を後悔しているんじゃない。あの頃の楽しい想像を思い返しただけ。自分がそうしてもらっていたように、夏休みには家族で登山をしたいな、といった。

最初はやっぱり、安達太良山になるだろうか。お盆に宏治さんの実家に帰省した時の恒例行事になるかもしれない、とも。

実家のご両親が作るおいしいお米でおにぎりを作って、いや、これはお義母《かあ》さんがやってくれるかな、それを山頂で食べる。子どもができて、「ほら、顔にごはんつぶがついているよ」とか「がんばって歩いたね」なんて笑いながら。

待て待て、海外赴任になると、帰国は年に一度になり、それならお正月になるんじゃないか。思い出の山はニュージーランドになるのでは？

まったく、当時の思考を羅列しただけでもお花畑です。だけど、わたしはこれが現実になるものだと信じてた。

父の同級生のペンションにはエーコも一度、泊まったことがあったよね。名前は「カエルのケンちゃん」。入り口にはユーモラスな表情の、ご主人のケンちゃんに似た、木彫りのカエルが置いてありました。

カエル顔だから、この名前なんだとわたしはずっと思ってた。父から説明されたこともなかったし、こちらから訊ねたこともなかった。

でも、そうじゃなかった。宏治さんと一緒に行ったことがあって、彼が開口一番、ケンちゃんにこう訊ねたの。

「不帰《かえらず》の嶮《けん》が由来ですか?」

そうしたら、ケンちゃん「大正解!」って。ケン(正しくは健)という名前から、不帰の嶮には深い愛着があって、白馬に土地を買い、ペンションの名前を「不帰のケン」にしようと決めていたのに、奥さんから反対されたんだって。

縁起が悪い、って。まあ、そうだよね。出発前の登山客だって多く宿泊するはずなのに。そこで、「帰るのケン」が変更案として挙がり、じゃあ、いっそ親しみやすい印象も出るし、グッズも作りやすいんじゃないかってことで、「カエルのケンちゃん」になった、とか。

そんな話から始まって、ケンちゃんと夜更かししながらお酒を飲んでいるうちに、宏治さんは自分もペンションを経営したいと思うようになったみたい。だけど、資金も必要だし、ノウハウも学びたいということで、リゾートマンションや別荘を開発する会社に就職しました。

エーコも海外勤務があることをうらやましいって言ってくれた。自分も外国で勝負をしてみたい、って。その夢を家業を継ぎつつ叶えたのだから、心から尊敬します。

わたしは……、自分で、とは考えなかった。宏治さんと結婚して、連れて行ってもらえたらいいな、って。実際に、大学四年生の秋、ニュージーランド出張について行って、二人で「世界一美しい散歩道」と言われるミルフォード・トラックを歩いた時にプロポーズされて。

二四歳になったらお願いします。そう答えました。

何だろう？　そういう時代だったよね、クリスマスケーキとか、年越しそばとか。

とにかく、わたしは浮かれていた。

だから、突然の不幸に見舞われたエーコに、何と言葉をかけていいのかわからなかった。

自分の放つ一言が、すべてエーコを傷付けてしまうんじゃないかと、恐れていた。

そっと見守っていよう。そうやって、わたしは逃げてしまったのです。エーコが家業を継ぐと決めたあとも。

卒業しても、二人で登山を続けようと約束していたのに。

でも、いつかまた一緒に登山をしたいと願ったことは確かです。それだけでも伝えることができていたら……、もう、たらればはやめておきます。

歩きやすかった道も徐々に狭くなり、傾斜もそこそこきつくなってきました。

雪が解けて、川のようにバシャバシャと流れている箇所もありました。

ああ、本当に人生を振り返る登山なのだな、と感じるような。

二四歳、結婚式はニュージーランドで二人きりで挙げました。これも当時の流行。今度はトンガリロ国立公園に行きました。まるで月面のようなところを歩きながら、宏治さんから、五年後にニュージーランドに移住してゲストハウスを開こうと、真剣に提案されました。

いきなり海外で、ゲストハウスをオープン？　メチャクチャな提案のような気もしたけれど、何度も語り合ううちに、ワクワクする気持ちが込み上げてくるようになりました。

ケンちゃんの奥さんのように調理師免許を取ろうと決め、会社勤めを続けながら、夜間の専門学校にも一年半通いました。体力的にはきつかったけど、夢があればがんばれます。家事も、宏治さんはしっかり分担してくれました。どんなことも二人で……。

雪解け水が流れる道は、想像以上に深くぬかるんでいました。エーコの手紙を読んでいなかったら、わたしも運動靴で来ていたはず。そもそも山に来てないか。

学生時代、登山資金を調達するために、二人でいろいろなアルバイトをしたよね。派遣会社に登録して、スーパーの店頭で新商品のアイスの試食販売をしたり、お祭り会場でフィルムやインスタントカメラを売ったり。

バカバカ売れた。自分に商才があるんじゃないかと勘違いしてしまうくらいに。おつりを渡すのが間に合わないくらいに、目の前をずっとお札が行き来していた。それで、日当一万円。三〇〇〇円くらいの大入り袋をつけてもらえることもあったし、交通費もしっかり出てた。パーティーの給仕なんて、毎回、ご祝儀袋が出てたよね。

何が言いたいかっていうと、お金を稼ぐことが苦じゃなかった。一〇万円稼ごうと思えば、一〇日働けばよかったし、仕事も勤務地もたくさん選択肢があった。それが当たり前の時代に大学生活を送ることができたのは、恵まれていたのだということを思い知りました。

バブルの崩壊です。リゾートマンション、別荘の開発。宏治さんの会社名を書かなかったのは、バブル時に華やかに膨れ上がり、崩壊とともに見事に散ってしまった会社だったから。

もともと辞めるつもりだったとはいえ、貯金は予定の半分しかできていません。同じ頃、わたしも職場で肩を叩かれました。

そんな時に声をかけてくれたのが、宏治さんの高校時代の親友、なんとこちらもケンちゃん（賢さん）でした。彼は東京の有名なイタリアンレストランでシェフとして働いていましたが、地元で民宿を営んでいたご両親が体調を崩し、民宿を畳むことにしたのを機に、そこでレストランを始めようと決めたのです。

しかし、民宿を畳むことには抵抗があったみたいで、その悩みを打ち明けられた宏治さんは、自分にそこをやらせてもらえないか、と提案したのです。

海辺の静かな町でした。山じゃなくて海？　と驚きはしたものの、現地を訪れてみると、そこにはやはり自然が溢れていて、故郷を持たない人たちが帰る場所になり得るところだと思えました。

そして、何と言っても近くの漁港に揚がる海産物が本当においしかった。

古い和風の民宿を白とオレンジのイタリアの民家風に改装し、一階の一角がこぢんまりとしたレストラン、二階と三階が宿泊施設となりました。

ケンちゃんが一階に住み、わたしたちは、かつて民宿が流行っていた頃に作られたという、高台にある従業員用の小さな平屋を、こちらも同じくイタリア風に改装して住んでいました。

どちらも、わたしたちのお城でした。年賀状の写真にも使いました。決して、自慢ではなく、わたしたちは大丈夫、新しい一歩を踏み出せた、と知ってもらうために。

だから、エーコがお菓子を送ってくれたことがすごく嬉しかった。

わたしたちは離れていても、それぞれの山の頂に向かって、確実に足を前に踏み出している。

民宿は軌道に乗り、五年後に第一子の峰生《みねお》、その二年後に第二子の洋生《ひろき》を授かりました。山と海の子です。

二〇〇〇年を過ぎると、宏治さんはインターネットを有効活用し、「みんなの故郷」と銘打って、海も山も両方楽しんでほしいと、連泊されたお客様を近郊の山に案内するツアーを始めました。ウエルカムドリンクはケンちゃん自慢のレモネード。

近隣の県からだけでなく、遠く西日本からのお客様も来てくれるようになりました。京都からのお客様にさりげなく、エーコのお店のことを訊ねたこともあります。

地元の人から愛されている老舗なのだ、と。

わたしは足元にも及ばないけど、ケンちゃんに指導してもらって、オリジナルのレモンチーズケーキを開発しました。スティック状になっていて、登山の行動食にも向いています。

土日が一番忙しいので、子どもたちと一緒に出掛けるのは難しいけれど、お客様の登山ツアーに、状況に応じて宏治さんが連れて行ってたので、その時はいつも、レモンチーズケーキを持たせていました。

家で食べるとちょっとすっぱいけど、山で食べると最高においしい。そう言ったのは、洋生の方だっけ。峰生は、どっちで食べてもおいしい、って言ってくれたんだ。手紙を書きながら思い出すなんて……。

その頃はその頃で、大変だな、しんどいな、と不満を漏らすこともあったけど、大半の時間を笑って過ごしていました。

あの、震災の日までは。

峰の辻に出ました。

秋は色鮮やかな巨大な絨毯《じゅうたん》を広げたような場所です。ペルシャ絨毯のように重厚な。絵に描けと言われたら、樹を一本ずつなんて描かない。赤や黄やオレンジを一面に重ね塗りするはずです。すべての樹が手を取り合うように美しい紅葉をまとった枝を重ね合い、あたたかな一枚の絵を完成させていたのです。

その絵の中で、大学生だったわたしは、宏治さんが持ってきてくれたおにぎりを二人で食べた。宏治さんとは現地集合ではなく、東京から一緒に出発したので、彼のお母さんが作ってくれたとは考えられない。

訊ねると、照れた様子で自分が作ったのだと言われました。手の大きい彼が握ったことを証明するかのような、わたしの握りこぶしよりも大きな三角おにぎりでした。とてもきれいに形が整った。わたしが作るよりも少し硬めで、しっかり塩のきいた、具のないおにぎり。

そのお米のおいしかったこと。確かに、具なんていらない。よく、グルメリポーターが和食を食べた時に「日本人でよかった！」って言うでしょう？　まさに、あの調子でわたしは歓喜の声を上げた。

すると、宏治さんの実家でできたお米だと言われました。

山に行く時はいつも自分でおにぎりを作っているのかと訊ねると、そうでもない、と意外な答えが。確かに、合宿の時も彼の班が食事当番だった時は味噌煮込みうどんだったなとか、新入生歓迎会の自己紹介では好きな食べ物はラーメンだと言ってたな、などと思い返しもしました。

ただ、この安達太良山を登る時は地元の米を食べたい。

米農家の子どもはパンやラーメンといった小麦製品が好きだという、おかしな持論も語り（ピザは特別な日のごちそうだとか）、それでも、ここでだけは米を食べたいし、自分の家の米が一番おいしいと心から思えるのだ、と。

エーコならわかるかもしれない。自分の家に根付く味を知っている人は。

わかります、なんて安易に同調はできなかった。わたしには宏治さんの米に匹敵するものがないから。わたしのザックにはコンビニで買ったお菓子がいっぱい入っていたけど、取り出してしまうと、異物になってしまうんじゃないかと感じた。

美しい絵にシミができてしまうような。

わたし自身も異物だけど、安達太良山と地続きの場所で、もしかすると、ここから流れる水でできたかもしれない米を食べることによって、溶け込むことができるように思えた。

自分も山の一部になれている。そんなふうに考えたのは、あの時が初めてだった。気が付くと、涙が流れていて、ぼんやりかすむ向こうに、宏治さんのおろおろする顔が見えた。

うらやましい。わたしは彼にそう伝えた。あとから知ったことだけど、その時、宏治さんはわたしと結婚したいと思ったみたい。まだ、付き合ってもいなかったのに。

でもね、異物のままの方がよかったんだよ。絵の中に閉じ込められたら、どこにも逃れられなくなってしまうから。

安達太良山へ行くとは言っていないのに、朝、台所のテーブルの上にはアルミホイルに包まれたおにぎりが置いてありました。

宏治さんと……、わたしが作った米です。

あの震災で、わたしたちは大切な友人と、大切に作り上げてきた職場を失いました。建物が壊れただけなら、また建てればいい。だけど、その土地が、町全体が安全な生活を送れない場所になってしまったら、そこで再生することはできない。少なくとも、半年、一年、といったレベルでは。

とはいえ、何もせずに待つこともできない。今日を、明日を、生きていかねばならず、子どもたちを生かさなければならないから。

幸い、同じ県内の安全な場所に宏治さんの実家があり、ご両親もあたたかく迎え入れてくれました。だけど、わたしには「幸い」だなんて思えなかった。

生まれて初めての農作業です。そのうえ、義父は地震で壊れた納屋の屋根を修復中に転落してしまい、背中を痛めて寝たきりに。一本の樹が倒れると周囲を巻き込むように、密集して固く支え合えば合うほど、一緒に倒れてしまう。

義母はあの年の年明けから胃に違和感を覚えていたのに、検査を受けるタイミングを失ったまま、市販の胃薬を飲んだり、湿布を貼ったりしながら自分の体をだましだまし、農作業と介護を続け、倒れた時にはもう手の施しようのない状態になっていました。

頂上を目指すとか、そんな問題ではない。霧の立ちこめる樹林帯の中を、この道で合っているのだろうか、本当にここは道なのだろうかと、手探りで前に進むような……、今思えば、遭難に近い形だったと思います。

それでも、宏治さんや子どもたち、皆で寄り添えていると思えていれば、気持ちを強く持つことができたのかもしれない。

たとえば、二人で登山をしている時でも、二人三脚をしているような距離で歩いているわけじゃないよね。ふと、足元の花に目が留まっても、特段と珍しい花でもない限り、花にあまり興味のないエーコを呼び止めることはない。写真を撮って、エーコの背中が見える範囲内で観察してその背を追いかける。

わたしなら、それくらいの距離はすぐに巻き返せる自信があったし、たいていの場合は、わたしが立ち止まっていることに気付いて、エーコも足を止めてくれていた。水筒に入れてきたコーヒーをおいしそうに飲みながら。多分、無意識だったんだろうけど、手近な石に片足を乗せて、腰に手を当てて。かっこよかったよ。

宏治さんとの登山は、常に近くで、二人で感動を共有しているという感じで、学生の頃のわたしはそこにうっとりできていたんだろうけど、それでも、エーコと二人の登山を続けたいと思ったのは、互いに近寄り過ぎず、それぞれが自分の山を楽しんでいる雰囲気が好きだったからかもしれない。

だけど一度、むかで競争のように、くっついて歩いたことがあったよね。天気が怪しくなってきたなと思ったら、数分後には濃霧に包まれて、エーコの姿が見えなくなった。怖くなって大声で名前を呼んだら、エーコはほんの二、三メートル先にいて。足を止めて振り返ってくれていることにも、手が届く距離になるまで気付かなかったくらい。

そういう霧が家の中に広がっていたんだと思う。

同じ家に住んでいるのに、それぞれがどんな顔をしているのか、わたしにはまったく見えていなかった。

海辺の町から越してきたことが原因なのか、峰生は中学校でいじめられていました。それに気付いた洋生はわたしに相談しようとしていたみたいだけど、峰生から口止めされていた。

わたしがささくれ立っていたから。義父の介護をして、義母の見舞いに行って。宏治さんは田んぼは自分がやるからと言ってくれたけど、わたしにはそれが自分の両親の今の姿から目を逸らしたい、逃げるための口実のように思えた。

わたしが田んぼをやるから、あなたが介護をやりなさいよ。とは言えなかった。宏治さんやエーコのように、わたしには子どもの時から積み重ねてきたものがない。通り一遍の段取りは理解できても、さらに一段階引き上げる感覚も技術もない。

天気を読んで行動できるのは、山でくらいかな。

ああ、そういうことか。

宏治さんは子どもたちの様子の変化にも気付いていたんだと思う。ある日、山に登ろうって言い出した。おじいちゃんのショートステイも申し込んだから、って。

なのに、わたしは即却下。しかも、子どもたちが口を開く前に。山なんかに行くヒマがあんなら、そのぶん家で寝させてよ、って。

結局、山には三人で行くことになった。

わたしはそれがまたおもしろくなかった。へえ、置いていくんだ、なんて。もしかしたら、子どもたちだって、特に峰生は、気が乗らなかったかもしれない。気が張っている時は、慣れないことをするのはストレスになるだけだもの。だけど、わたしを一人で休ませるために、行くことにしたんだろうな。こんな単純なことも、その時のわたしの頭の中には思い浮かばなかった。

そうやって家で一人になれても、寝てなんかいられないの。掃除して、洗濯して、山なんか行かれたらまた洗濯物が増えるじゃないの、なんて腹を立てたりして。

怖かったんだよ、足を止めるのが。

山でも、しんどい時の方が休憩するのが怖かった。もう、動けなくなってしまうんじゃないかって。座るのが怖かった。だから、ザックも下ろさずに立ったまま水分補給して、そんな姿を見た部員たちから、元気だね、って言われて、苦笑いして。

宏治さんは、ちゃんとザックを下ろせって言ってくれた。座れ、とも。水を飲んで、チョコでもナッツでもいいから、何か食べろ、って。

言われた通りにして、立ちあがれなくなったことなんて一度もなかった。

ちゃんと休んだ方が、その後しっかり歩けることがわかっていたのに。どうして、山では理解できていたことが、日常生活には活かせなかったんだろう。

それはきっと、ここじゃない、と思っていたから。自分だけが異物。

足元ばかりを見ながら登り続け、やっと、尾根に出ました。

ヨーロッパの森のようには思えなかったけど、湖は猪苗代湖を一望することができます。それよりも……、空が青いと感じました。白銀の上の青だからか。空はこんなに青かったのかと、しばらく足を止めて、空ばかり眺め続けました。

こんなに濃い青だったのか。こんなに澄んだ青だったのか。こんなに奥行のある、宇宙までつながることを予感できそうな青だったのか！

ふと、思いました。

あの日、山から帰ってきた子どもたちはどんな顔をしていたんだろう。目の奥に何が広がっていたんだろう。ちゃんと見ていれば、楽しかった？　と訊けたかもしれない。今度は一緒に行こう、と思えたかもしれない。

楽しかったとも、疲れたとも、子どもたちはわたしに感想を言わなかったけど、わたしが向き合っていれば、前向きな言葉が引き出せたはず。だって、子どもたちの登山はその後も続いたから。

峰生は山岳部のある高校を目指して、勉強に打ち込むようになりました。そこで良い仲間に出会い、インターハイまで出場したのだから、洋生も当然のように同じ道を目指しました。学校の指導が行き届いていたのか、洗濯も道具の手入れもちゃんと自分たちでやっていた。大学生になると、夏休みなんか帰ってこないの。登った山さえ事後報告、それも、宏治さんにだけどね。

皆、それぞれが自分の頂を目指すようになる。親に連れて行ってもらう登山など、きっかけにすぎないことは、わたしが一番わかっていたのに。

だけど、子どもたちと仲が悪かったわけじゃない。特に、彼らが山に打ち込むようになってからは、家のことも積極的に手伝ってくれるようになって、わたしも随分ラクになった。

体育祭や文化祭、学校行事はちゃんと見学に行っていたし、毎日、お弁当も作ったし、受験の時には夜食を作ったり、家族四人でちょっと遠くの有名な神社に祈願に行ったり、合格祝いにレストランに行ったり……、普通に楽しく過ごしてた。

ただ、山に行かなかっただけ。山の話をしなかっただけ。

義母と義父を見送ってからも。どちらの時も、葬儀のあと、宏治さんはわたしにお礼を言ってくれた。これからは、もっと自分を大切にしてほしい、とも。それで、何をプレゼントしてくれたと思う?

靴やザックといった、登山の道具じゃない。

なんと、シャネルの口紅。しかも、ピンク。何? バブル? 笑えるでしょう? 笑ってるつもりだったのに、泣いてた。

過ぎた時間を取り戻そうと、彼も必死で考えてくれたんだと思う。どこまで引き返せばいい? 震災前? 結婚した時? 出会った時?

巻き戻し過ぎだよ。

それに、介護を終えたからって、じゃあ山に登りましょうって気分にもなれなかった。よし、解禁! なんて割り切れると思う? それって、我慢していたのを認めることになるじゃない。自分の人生の一部をつらいものだったと決定付けてしまうことになるじゃない。

むしろ、山なんか登らなくても、人生は楽しいんだ、わたしは幸せなんだって証明してみたいじゃない。

それってさ、雨の日や曇りの日だって楽しい、って言い張っているのと同じだよね。もちろん、そうやって、見方を変えて乗り越えなきゃいけない時もあるし、雨や曇りだからこそ、虹や雷鳥に会える楽しみだってあるわけだけど。

稜線を歩き、ささやかな岩場を登ったところに、頂上がありました。

わたしの頭上には、空。青い空。ただそれだけ。

だけど、本当の空。異物じゃない。この山の、この土地の一部としてわたしを受け入れてくれる空。

あんたはそれでもまだ、この空を否定するのか。

過去の日々と比べちゃいけない。この山を登って、雲を越えれば、青い空が広がっている。そう教えてくれる人が近くにいるのに、耳を塞ぎ続ける必要はない。

今のささやかな幸せを認めることで、過去が不幸なものだったことになるなんて、バカげた考え方じゃないか。今の幸せを否定してどうする。否定した今が過去になれば、さらに未来の幸せをも否定するだけじゃないか。

通過したつらい日々は、つらかったと認めればいい。大変だったと口に出せばいい。そして、そこを乗り越えた自分を素直にねぎらえばいい。そこから、次の目的地を探せばいい。

家族の声には耳を傾けなかったのに、親友の手紙で心を動かされ、登山したことを、宏治さんは、子どもたちはどう感じるだろう。

だけど、彼らはきっとわかってくれるはず。自分にも同じような存在はいるだろうから。みんな、エーコに感謝するはずです。

もう一度登ってみたら、と背を押してくれる山は、ずっと近くにあった山。それは人生のいろいろなことに置き換えられるんじゃないかな。

わたしたちは似た者同士で、どちらも自分から「しんどい」とは言えず、ただがむしゃらに登り続けていた。休めばよかったんだ、と後悔するよりも、この経験があってよかったという気持ちの方が大きい。

あの時に培われたもので、ここまでやってこられたと思うから。

まずは、ありがとう。そして、よかったらそう遠くないうちに、二人で山に登りましょう。

子どもたちと登るためにはまだトレーニングが必要、だからでは決してないよ。

ここにこんなに長く綴《つづ》っても、伝えたいことはまだまだあるから。

わたしの手紙も頂上で終了。また会う日まで、お元気で。

ＰＳ　山頂で食べたおにぎりは最高でした。お米、送ります。下山途中の温泉はもっと最高。

これは、こちらに来てもらわなきゃね。

イーちゃんより

本書は書き下ろしです。
原稿枚数430枚（400字詰め）。

Special Thanks
神谷浩之氏（山と溪谷社）
飯田千香子氏（オフィスチッカ）
菊池哲男氏

参考図書
『鹿島槍 五竜岳　天と地の間に』菊池哲男（山と溪谷社）

著者紹介

一九七三年広島県生まれ。二〇〇七年「聖職者」で第二九回小説推理新人賞を受賞。同作を収録したデビュー作『告白』はベストセラーとなり、〇九年本屋大賞を受賞。一二年「望郷、海の星」で第六五回日本推理作家協会賞（短編部門）、一六年『ユートピア』で第二九回山本周五郎賞受賞。一八年『贖罪』がエドガー賞（ベスト・ペーパーバック・オリジナル部門）にノミネート。著書に『未来』『落日』『カケラ』『ドキュメント』など。

# 残照の頂　続・山女日記


二〇二一年一一月一〇日　第一刷発行

著　者　湊かなえ
発行人　見城　徹
編集人　菊地朱雅子
発行所　株式会社幻冬舎
〒一五一-〇〇五一東京都渋谷区千駄ヶ谷四-九-七
電話　〇三-五四一一-六二一一（編集）
〇三-五四一一-六二二二（営業）
振替　〇〇一二〇-八-七六七六四三
印刷・製本所　中央精版印刷株式会社

検印廃止





ISBN978-4-344-03843-1　C0093
幻冬舎ホームページアドレス
https://www.gentosha.co.jp/
この本に関するご意見・ご感想をメールでお寄せいただく場合は、comment@gentosha.co.jp まで。

## 湊かなえの本

手紙だからつける嘘。手紙だから許せる罪。手紙だからできる告白。過去の残酷な事件の真相が、手紙のやりとりで明かされる。衝撃の結末と温かい感動が待つ、書簡形式の連作ミステリ。

真面目に、正直に、懸命に生きてきた。なのに、なぜ？　誰にも言えない思いを抱え、山を登る女たちは、やがて自分なりの小さな光を見いだす。新しい景色が背中を押してくれる、連作長篇。

幻冬舎文庫